偵探
大人
02
被殺了呢，
Mr. Detective.
てにを
TENIWOHA Illustration: riich
[插畫]
りいちゅ

尤柳・德林傑的問候

尤柳・德林傑的問候・1

我要將疾病散播全世界。
一種沒有特效藥的疾病。

「初次見面，小姐(signorina)。妳來得真準時呢。」
眼前座位上的鷹勾鼻男子開口如此說道。
捲曲的金髮服貼地朝後面梳理整齊，身穿一套高級西裝。男子——盧西亞諾・貝內蒂用刻意賣關子的表情看著**我**。
「是妳家教良好的關係嗎？明明最近有很多女性會故意讓男生等待來吸引對方注意的。」
「您客氣了，盧西亞諾先生。我哪裡敢讓這麼多的男性等待呢？」
我和盧西亞諾面對面坐在一張圓桌的兩側，四周圍繞著一群看起來人品極差的男人們。

「啊哈哈，這狀況可真是令人有些緊張呢。」

我詼諧一笑，試探對方的態度。

男人們自以為有魄力地擺出煞氣的模樣，簡直就像學生發表會時站在舞臺邊緊張等待自己上場的小孩子一樣。

「妳別在意這些人。他們只是在練習默劇而已。直到打暗號前，他們都不會有動作的——就算有了什麼火大難耐的事情也是。」

「直到身為老大的您搖鈴為止？」

「正是如此。」盧西亞諾說著，啜飲一口咖啡。

既然他這麼說，那肯定就是如此吧。畢竟盧西亞諾是個貨真價實的黑手黨，站在只要搖個鈴就能指示政府高官的立場。

在吧檯臉色發青的老闆專心地埋頭擦著杯子。

拉下百葉窗的店內一片幽暗。位於餐廳深處的這個房間看不到任何類似後門的出入口。

「雪莉・拉姆。自由記者……是嗎？」

盧西亞諾把視線放到桌上的名片，念出我的名字。

「還特地請了個代理人把我叫出來見面，就讓我聽聽看妳的目的是什麼吧。」

「我想請教您。關於您最近透過瑞士的銀行戶頭流動的幾萬歐元，其來源與去向。」

「我不知道妳在講什麼。」

「近期，在全世界有大量的資金以避人耳目的方式做著不自然的流通。請問您知道這件事嗎？」

「我剛剛說過了，我不知道。」

盧西亞諾的聲音頓時低沉一階，周圍的男人們也釋放出殺氣。

「據傳聞說，那些資金經由多家空頭公司居中周轉，最終流入了某個組織的口袋中。」

「是什麼組織？」

「這就不曉得了。我正想要知道這點。如果是什麼自然保育團體或者像布魯克林之類地方的孤兒院就好了。」

我保持笑容如此表示後，盧西亞諾仰起身子哈哈大笑起來。誇張到椅子彷彿都要往後倒下去了。

「請問有什麼事那麼好笑嗎？」

「沒事，我只是覺得妳確實就像傳聞形容的，是個好女人。實在不錯。」

「請問您在講什麼？」

「妳果然是一如我想像，不，超出我想像的女人啊。**尤柳．德林傑**。」

對方一講出我的名字，就把手中的杯子摔向地面。被包場的咖啡廳中霎時響起陶瓷破碎的聲音。

男人們一起把槍口指向我。

「妳最好別再亂動。那包包中的催淚瓦斯和電擊棒都派不上用場的。」

「……原來一開始就被發現了呢。」

「妳以為區區一名記者有可能獲准謁見我嗎？尤柳，妳回不去了。假如妳有預定跟什麼男人去約會，也全部取消啦。」

「唉～如果是那樣，我真應該打扮得再漂亮一點呢。」

我嘟著嘴，乖乖舉起雙手。

「妳究竟是從哪一條線獲得關於資金的情報，等會兒就讓妳慢慢從實招來。」

「哪一條線？你以為只會有一條嗎？笑死人。我可是尤柳・德林傑喔？」

假如這是在拍電影就好了，但遺憾的是不管等了多久，都聽不到導演喊「卡」的聲音。

危機。大危機。

嗚～師父救救我～

沒啦，開個玩笑。

啊嘻嘻！

事件一　食人摩天輪樂園

KILLED AGAIN, MR. DETECTIVE.

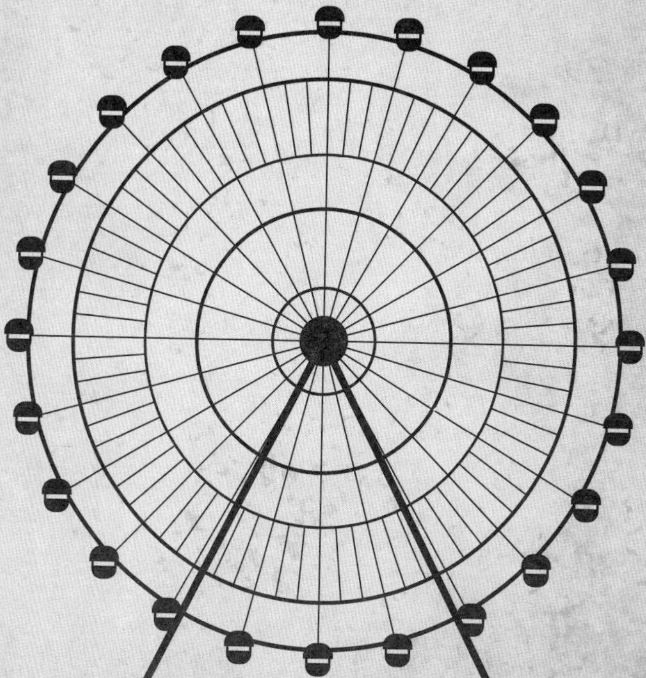

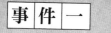

第一章　英國最強偵探

「喂？百合羽？」

『喂～！師父！』

「現在方便講話嗎？」

『嗯，現在嗎？沒問題喔～』

「怎麼妳那邊聽起來有點吵啊？」

『其實我現在是拍片的休息時間，等一下要拍動作場景。師父，你打電話來有什麼事嗎？啊！難道又發生了什麼事件？所以要徵召身為徒弟的我嗎！』

「沒有啦，不是那樣。嗯～是關於去海邊的事情。之前妳來事務所玩的時候不是跟莉莉忒雅聊得很熱烈嗎？說月底的休假要大家一起去海邊玩。」

『聊過聊過！說要去晶瑩剔透的大海！閃耀美麗的南方島嶼度假旅行呢！』

「其實啊，關於那項預定計畫，現在可能需要稍微延期了。」

『咦～！為什麼？』

「那個……這種事情實在很難啟齒，其實我們後來發現這個月事務所在經濟上有點困難……」

『意思說旅費不足嗎？』

「嗯，所以現在我們正努力透過偵探工作籌措資金，但是還沒有把握可以完全籌到錢。」

『那要不要我先幫忙墊錢？』

「不行，不能那樣啦！那樣不只是我，莉莉忒雅應該更會感到在意啊。」

『是喔～這麼說也對。嗚嗚～……真可惜。不過我明白狀況了。那麼祝你們至少能接到一份賺大錢的委託！那樣一來就能按照預定計畫一起去海邊了吧？』

「嗯，那當然。謝謝。哦哦對了，我也會告訴莉莉忒雅。那就掰啦。」

『師父。』

『我想聽你說。』

「什麼事？」

「說、說什麼？」

『拍片加油，這樣。』

「哦哦……真抱歉我這男人很不會講話。咳咳，妳拍片要加油喔！」

『交給我吧！』

「那就拜拜啦……唉。」

一掛斷電話就忍不住嘆氣，連我自己都覺得這種報告聯絡實在很沒出息。

自從追月偵探事務所變得一個偵探也不剩之後，財務上就變得非常緊迫。畢竟只剩下我這個半吊子的偵探，要說當然也是理所當然的事情。

「相較之下，百合羽看來當女演員當得很順利的樣子。」

女星——灰峰百合羽現在做為女演員的知名度一天比一天響亮，也逐漸變得越來越忙碌。儘管如此，她如今依然很忠誠地會叫我師父，也會約我們出去玩。真可謂是無上的榮幸。

而我卻因為自己缺錢這種理由就糟蹋了她難得休假的期待心情，實在對她很過意不去。

所以我必須盡快籌到旅費才行。

「而且……必須努力賺錢的理由還不只是這樣啊。」

今後我必須更加積極地從事偵探工作才行——雖然前提要能接到委託就是了。

我不禁有點垂頭喪氣地進入自家兼偵探事務所所在的大樓。

「我回來了。」

打開門的瞬間，位於事務所正中央的一朵花便「嘩！」地綻放。

「朔也大人，朔也大人。」

錯了，那是莉莉忒雅。是注意到我回家而轉過身來的，我的優秀助手。華麗的轉身動作讓她的裙襬就像花瓣般展開了。

「是喜訊呢。莉莉忒雅現在就講給你聽，請做好開心的準備喔。」

莉莉忒雅抬起那對有如黎明前的天空般群青色的眼眸看向我。

「洗訓？哦哦，喜訊啊。」

「剛才事務所來了一對恩愛的老夫婦。是一對彬彬有禮，非常有氣質的夫妻呢。」

「夫妻？」

「是的，是久違的委託喔。是工作呀。」

「哦哦！」

此時此刻正夢寐以求的工作竟如此快就降臨的事實，讓我忍不住發出歡喜的聲音。

「然後呢然後呢？是什麼樣的工作？」

「朔也大人，請問你在害怕會不會是什麼危險的工作對不對？請儘管放心。是失物搜尋呀。對方表示希望可以找到在水島園遺失的結婚戒指。」

「那真不錯！」

最棒的就是感覺很安全。

「報酬金額也是多得驚人喔。」

「太棒啦！」

「話說我要稍微換個話題，朔也大人。」

「嗯？」

「請問你該不會在學校有遇到什麼煩惱吧？」

咦，怎麼好像忽然變了風向？

「呃，為什麼這麼問？」

唐突的提問讓我心臟用力跳了一下。

是不是今天班導警告過我關於出席日數的事情不小心被我寫在臉上了？

莉莉忒雅邁步走過來，把手繞到我的肩膀上。她端正無比的臉蛋湊近我面前，表情看起來有些悲傷。

「朔也大人……難道你在班上都沒有朋友嗎？」

「咦？」

莉莉忒雅的手放開我的肩膀。

「你沾到了。」

莉莉忒雅說著，把指尖亮在我眼前。她好像捏著一個白色的小顆粒。

我拿過來一看，這才知道。

那是一顆飯粒。而且長時間暴露在空氣中，已經變得乾巴巴了。

「呃？飯粒？沾在我肩膀上？咦？什麼時候沾到的？」

「肯定是從午休時間吃完便當之後吧。明明肩膀上沾了這樣的東西，班上卻沒有一個人提醒你，讓你就這樣回到家來。怎麼想都覺得你應該缺乏友人呀。」

「嗚……哼哼，不愧是莉莉忒雅，這段推理相當精湛。不過，全部都是妳自己的想像吧！是妳穿鑿附會！我怎麼可能會沒有、沒有朋友！那種事！那種事……我是不是真的沒有朋友啊？」

雖然我一開始還「砰！」地用雙手拍響事務所的辦公桌大聲抗議，但途中想到了好幾項符合的條件，越講越悲哀了。

「因為我為了偵探工作老是請假嗎？因為我沒有參加社團嗎？告訴我啊！」

對我大呼小叫的悲慘模樣盡情享受了一番後，莉莉忒雅露出無上的微笑說道：

「好笨的人。」

唉，至少莉莉忒雅看起來開心就好啦。

□

隔天是一片碧空如洗的大晴天，略帶溼氣的微風舒服地吹拂在人群間。

我和莉莉忒雅為了尋找失物的委託，下午動身前往水島園。兩個人感情融洽地——或許認為感情融洽的只有我啦——一同搭乘著電車。

路線從途中分支，其中一條線的終點站叫作水島園站。一如其名，就是距離水島園最近的車站。

或許因為是平日又不上不下的時間，車上乘客零零星星，幾乎可以說沒什麼人。假如是其他時間帶，可能狀況還稍微不同。

隔壁車廂也是同樣狀況，只有一名背著黃線裝飾的黑色背包、身穿連帽外套的年輕男性靠著車門打瞌睡。畢竟天氣這麼好，會忍不住想睡覺也不難理解。

「幸好今天天氣不錯呢。」

莉莉忒雅挺直著背脊，很端正地坐在椅子上。全身散發出某種異樣美感的她竟坐在平民老百姓搭乘的電車上，真是給人一種反差似的感覺。

「是啊，水島園……我幾年沒去了？」

說到水島園，我最近倒算是有點緣分。尤其是跟它的摩天輪。

「真要說的話，我比較希望不是為了工作，而是真的來玩啦。」

「如果做個便當來就好了。」

莉莉忒雅自言自語的聲音舒服地傳入耳中。

電車開始減速，播放起告知即將抵達水島園站的廣播。

車門伴隨氣壓機的聲響打開後，原本靠在上面打瞌睡的人便失去支撐差點倒了下去。然後他就這麼搖搖晃晃地走向驗票口，真是和平又有趣的一幕。

「話說回來，沒想到結束營業的水島園會這麼快又復活啊。好像是出現了新的出資人是吧？真不曉得是哪來的資產家出錢做慈善呢。」

遊樂園閃電改裝後便沿用舊名新裝開幕，據說有幾座遊樂設施目前也還在改裝中的樣子。即便如此，來玩的遊客依然是零零星星，真不愧是水島園。

就在我感懷著遊樂園的悲喜交集時，袖子忽然被扯了一下。

「朔也大人，我們首先從那邊開始找起吧。重點搜尋那座轉圈圈的馬兒附近。」

莉莉忒雅讓鞋跟踏著輕飄飄的步伐，伸手指向紅磚道的前方。

「哦哦……」

「請問你還在發什麼愣？工作呀工作。快點動起來。我們無論如何都要存夠旅費才行。」

旅費。對，莉莉忒雅說得沒錯。

「海邊——莉莉忒雅果然也很期待去海邊玩吧。」

「沒錯，和百合羽大人的約定確實很重要。但在那之前，**首先要去的是英國呀**。**必須存夠出國的旅費**。請問你該不會是忘記了吧？」

「當然，我沒有忘記。」

沒錯。我們必須盡早前往英國才行。

為了與某個人物接觸。

緋紅劇院的事件後過了半個多月，我們表面上回到了原本的日常生活。然而，那終究只是表面上的事情。

後來被媒體報導為『緋紅劇院前暴動事件』的那起事件中，包含現場指揮官車輛在內，總共有多達二十四輛警察車輛遭到徹底破壞、爆炸燃燒。

當然——我不知道能不能講就是了——現場也出現了多名傷者。即便如此，卻沒有釀成人命。雖然新聞媒體都形容這堪稱是奇蹟，但我非常清楚，當時的現場根本沒有什麼奇蹟。

畢竟我是從最近處目睹了一切。

那次之所以沒有傳出死者，全都是因為最初的七人（Seven Old Men）之一——大富豪（Celebrity）怪盜夏露蒂娜・茵菲利塞斯手下留情的緣故。

日本警方想必也很清楚這點，此時此刻正為了自己被毀了面子而氣憤得緊握拳頭吧。

「最初的七人（Seven Old Men）之一親自現身與朔也大人接觸，這當中想必隱含有什麼意義與意圖；或者，可能是繼承自斷也大人的某種如因緣關係的東西。」

莉莉忒雅用極為嚴肅的表情如此表示——不過是在坐著旋轉木馬上下搖盪的狀況下。

童話般的音樂之中，她側坐在造型奇幻的木馬上，用手扶著支柱。

我則是坐在後方的馬車中。

我們兩個人並不是在玩耍。雖然看在旁人眼中只有那樣的感覺，但我還是抱著認真在找結婚戒指的心情。

據說委託人夫婦遺失戒指的那一天幾乎坐過了園內所有的遊樂設施，因此戒指有可能掉落在任何一項乘坐物或遊樂設施中。即便是夢幻的旋轉木馬也不例外。

既然園內有其他遊客，我們總不能要求園方停止旋轉木馬做搜索，所以只能親自坐上去找了——就是這樣。

「實在很後悔，當大富豪怪盜（Celebrity）現身時，我竟然離開了朔也大人身邊。」

「莉莉忒雅沒有感到自責的必要。」

我在後方的馬車為助手說話。

「誰也無法預料到她竟會現身在那樣平凡無奇的爆米花販賣區啊。妳總是陪在我這種人身邊，已經做得很好了。」

「這麼說……也對。朔也大人說得沒錯，不只是大富豪怪盜(Celebrity)而已，今後其他最初的七人(Seven Old Men)會如何行動都難以預測。也不知道究竟會對周圍造成什麼樣的傷害。」

「對，沒錯。」

「正因為如此，朔也大人才會想要尋找協助者。」

對，就是這樣。

從夏露蒂娜會特地主動跑來跟我接觸的行為來推想，最初的七人與我之間的因緣關係肯定不只是老爸——追月斷也的仇人那麼單純。

但是我對敵人的事情知道得太少了。因此在那起事件之後，我為了尋找有沒有對夏露蒂娜或其他最初的七人(Seven Old Men)非常熟知的協助者，而翻閱了老爸留下來的事件日誌。

然後我在其中找到的，就是「偵探費多」這個名字。

從日誌內容看來，這位叫費多的偵探似乎曾經有過和老爸一同追捕夏露蒂娜的經驗，可說是我請求協助的最佳人選。

那麼立刻和對方聯絡吧——我本來是這麼想的，可是稍微再調查一下就立刻發現，事情並沒有那麼容易。

「沒想到費多竟然是住在英國的偵探啊。」

英國的最強偵探——對方似乎是這麼受到評價。然而關於詳細的所在地點等等更多的情報，我一無所知。

「看來並不是那麼簡單就能聯繫的對象。」

「但我們要討論的內容相當機密，必須設法直接聯絡才行。」

「話雖如此，可是我們追月偵探事務所既沒有前往英國拜訪費多的資金，也沒有招待對方來日本的錢……」

所以我們無論如何都一定要獲得這次尋找戒指的酬勞。

委託人夫婦據說原本在經營公司，不過現在已經交接給別人過著退休生活。那樣一對夫婦所提出的報酬金額，簡直是多到讓人忍不住會想再三確認的程度。雖然那或許代表他們非常重視那枚結婚戒指，不過出手也真是夠闊氣的。

「光這件委託就足以湊齊旅費了。我們無論如何都要找到才行。」

旋轉木馬最後停止下來。莉莉忒雅有點依依不捨地下了馬。

「在這裡沒有找到啊。」

委託人夫婦由於擔心會讓戒指留下傷痕，太太當時似乎是把戒指收在手提包中，但沒想到卻適得其反了。

夫妻倆雖然有自己拚命找過，也請園內工作人員幫忙尋找，然而都沒有發現。因此我本來就預想應該不會掉在感覺理所當然的地方，不過這找起來恐怕會相當費勁。

「去找下一個地方吧。」

「說得也是。那麼，請問那邊如何？」

莉莉忒雅莫名有點興奮地伸手所指的東西，是輝煌亮麗地聳立在遠處的摩天輪。

上面每個座艙都設計成宛如海盜電影中會登場的藏寶箱形狀，金光閃閃。再加上摩天輪的其他部分也到處都是金銀財寶與寶石類的模型裝飾，最誇張的還是座艙底部非常露骨地刻有『GET　MONEY!!』的巨大文字。

「哦哦……那個，叫什麼來著？」

「快樂藏寶箱摩天輪。簡稱寶箱輪。」

真是個怪名字。聽起來一點煩惱都沒有。

本來說到水島園的象徵地標就是以前的日輪摩天輪。然而如今打掉重建，變成了完全不同的東西。

聽說這是出錢投資的人物只因為自己的喜好就強硬設計出來的造型。最後造出了一座絲毫沒有任何情調可言，造型無藥可救的摩天輪。

也因為這樣，似乎有不少居民發聲抗議，但一切都為時已晚了。

「寶箱輪……嗎？不只是名字，這個外觀設計看起來該怎麼說？跟周圍的一切都感覺格格不入啊。」

最根本的原因，怎麼想都是提案者與居民之間的美感有嚴重落差。

「而且聽說實際上遊客們真的都對它評價很差，連日來都沒人搭乘是吧？」

「好像是這樣。」

這也難怪。去坐那種東西等於就是主動給人看笑話一樣。會特地花錢坐的人，我看頂多就是明知很遜而故意要調侃嘲諷的傢伙吧。

「也由於這樣，園區簡介上寫說從今天開始連續三天，費用打五折的樣子。」

「對咱們的荷包很友善的意思是嗎？不過摩天輪的位置從這裡要走很遠，先從近處的遊樂設施開始依序找吧。那座稀奇古怪的摩天輪就留待最後再享受。」

「我是沒有意見啦。」

莉莉忒雅用冷淡的態度回應我的想法。

「既然這樣，下一個就是那座雲霄飛車了。最高時速一一五公里可不容小覷喔。」

不過她立刻又打開來看的水島園園區簡介早已變得皺巴巴的了。

從入園之後她到底打開看過幾次啦？

感覺起來她好像是全心全意地樂在其中。不過我要重申一次，我們這是在工作中喔。

□

到了傍晚，我們依然沒能找到戒指。

雖然一般人常會誤解，以為所謂的偵探總是無時無刻腦袋都很靈光，但實際上並沒有那回事。至少我就不是。

真正重要的並非面，而是點。如何準確在關鍵局面發揮靈感與洞察力才是重點。

講得極端一點，一整天的時間中只要能夠在關鍵的一分鐘腦袋靈光，剩下二十三小時五十九分鐘都在發愣也照樣能當個偵探。

然而今天的我始終沒有遇上那腦袋靈光的一分鐘。明明我認為現在就是那關鍵時刻地說。

「畢竟是遊樂園，燈光還算明亮。但要是天色再暗下去，要找東西就很困難了。而且……痛痛痛……一直彎著腰找東西，害我的腰啊……」

「請不要講那麼沒出息的話，稍微再加把勁吧。」

「莉莉忒雅，妳偶爾也體恤我一下嘛。」

「不行。」

就在這時，我的手機響起了。

每當外出時，我都會讓打到事務所的電話轉接到我的手機，而這正是那樣的一通電話。

來自我沒看過的號碼。

「您好，這裡是追月偵探事務所。」

『我聽說斷也・追月總算**安分下來了**，是真的嗎？』

從電話另一頭傳來的是女性的聲音。不過相對於澄淨的聲色，講話語氣倒是有點粗魯。

由於對方劈頭第一句就提到關於老爸的事情，老實說讓我相當困惑。

「……請問您是哪位？」

我故作平靜地如此詢問。腦中頓時閃過『最初的七人(Seven Old Men)』的文字。

「追月斷也……**家父現在剛好不在家**。」

『……你是他兒子啊。不在家，是嗎？那真可惜，居然沒能嘲笑一下那傢伙的死樣。我還專程千里迢迢從UK來到日本的說。』

「從英國……？請等一下。您難不成是……」

『現在有沒有其他事務所的人可以接聽？就告知說是偵探費多來了。』

「……費多？」

我和莉莉忒雅忍不住面面相覷了。

本以為遙不可及的英國，還有偵探費多——

竟以這樣出乎預料的形式主動上門來了。

這是多麼巧合，多麼幸運——難道也是類似神明之類的存在所引導的嗎？

不，不對。雖然老爸是個徹徹底底無藥可救的父親，但他做為一名偵探卻是舉世聞名，也交友無數。所以想當然，訃聞也容易傳開。

我把手機換到另一隻手上，有些緊張地說道：

「從英國來？那真是很抱歉讓您專程跑這一趟。話說，我剛好也在想能否有機會去拜訪您的。」

莉莉忒雅也在我旁邊踮起腳，把耳朵湊到手機邊。

「不，關於這邊的事情先等以後再談。我現在人在外面。是的，正在處理委託工作。」

『地點在哪？』

「嗯？在一座叫作水島園的遊樂園。」

『這樣啊。我這邊剛剛才出了機場，就叫部計程車走首都高直接過去那邊吧。路上順便欣賞一下有如塔可夫斯基所呈現的未來都市街景。』

「……什麼？」

對方雖然講的日文相當流利，不過講話方式以及發音果然還是像外國人的感覺。

「那麼我就在此恭候了。不過您知道水島園在哪裡嗎？」

『Yup.』

最後告知對方直接聯絡到我手機的號碼後，便掛斷了通話。

「朔也大人，對方是費多……沒錯吧？」

「她是這麼說的。然後不知道為什麼，好像要直接過來這邊的樣子。」

「那位英國最強偵探嗎？」

「那位英國最強偵探。」

老實說，我連心理準備都還沒做好，不過對方既然要過來，就恭候大駕吧。然後盡可能向對方問清楚關於老爸的事情，以及老爸那些敵人的事情。

「……啊，不過既然要碰面，約在園內也不好找人吧。我姑且到入園驗票口外面等等看。」

「那我也——」

「不，麻煩莉莉忒雅繼續尋找戒指。雖然多虧費多主動來訪，讓我們暫時不需要再湊出國費用了，但不表示就可以輕視現在接受的委託。而且還有跟百合羽一起去海邊的約定啊。」

「你這麼說是沒錯啦。」

「啊，妳是不是擔心我又在妳沒看到的時候死掉了？」

「沒錯，畢竟朔也大人在很多事情上總是粗心大意。」

「別笨了啦～在這樣繽紛有趣的遊樂園裡，哪有可能那麼輕易就死掉或被殺啦！那我這就去一趟，很快會回來。」

「朔也大人……」

「啊，另外，假如妳很快就找到戒指，還有時間，妳就去坐妳想坐的遊樂設施邊玩邊等吧。像是剛才的旋轉木馬之類的。」

「為什麼？」

「咦？因為妳不是很喜歡嗎？」

「……我才沒有喜歡。」

糟糕，臨走前的玩笑話卻惹助手生氣了。

與莉莉忒雅分頭後，我穿過人群，暫時來到園外。

畢竟都已經是這種時間了，會再進場的遊客很少，所以只要在這裡等人應該就不會錯過吧。

於是我打算坐到附近的長凳稍微休息一下，不過忽然覺得口渴起來。

「哦，有自動販賣機。」

我環顧四周，發現在馬路對面剛好有一臺自動販賣機與長凳。於是我確認左右安全後，小跑步穿過馬路。

將零錢投入販賣機，按下按鈕。五百毫升裝的運動飲料「喀噹」一聲掉落到下面。

我彎下身子取出飲料——就在那瞬間。

嘰嘰嘰嘰——！

宛如動物慘叫般的煞車聲響傳入我的右耳。

「咦？」

光聽到聲音，我就理解了狀況。

不是我要自誇，但我對於這類不好的預感已經很習慣了。

我的身體被一輛從馬路衝出來的小客車撞個正著，劃出完美的弧線飛到空中。

抱歉，莉莉忒雅。

我又死——

□

「骨折了。」

這就是醫生的見解。

換言之，我並沒有死。

「被車撞了卻只有這點程度的骨折就了事，你運氣可真好啊。哈哈哈！」

為我診斷的三十多歲男醫師把黑框眼鏡推了一下笑著。

「不過保險起見還是再做個斷層掃描吧。你頭上還長了腫包，應該是摔在地上時撞到的。頭部的傷害可不能隨便小看喔？要是覺得沒什麼就鬆懈大意，搞不好回到家後就突然倒下去死翹翹啦。這就是所謂的顱內出血。哈哈！」

呃，一點也不好笑啊。

「藁宇治醫生，護理長不是說過要你改掉那種愛笑的壞毛病嗎？」

診間深處一名大概二十多歲近三十的護理師無奈地如此表示。名牌上寫著「八乙女」的名字。

「被罵啦。但我就是習慣會笑出來啊，總比愛哭來得好吧？哈哈！好啦，等一下幫你裝個固定器。看，這是說明用的樣本。最近的固定器都做得又輕又牢固喔。

你摸摸看，不用客氣。」

愛笑的藁宇治醫生把固定器套到自己的手臂上給我看，然後把手臂靠近到我面前。就像喜歡炫耀肌肉的人常做的「你摸摸看我肌肉」那種感覺。

「這樣啊……」

「你還喜歡嗎？好啦，那就這樣，診療結束。」

藁宇治一講完，就比我還早站起身子。看來醫生是分秒必爭地忙碌。

「快，走啦走啦。反正又不會死，稍微打起精神啦。我嗎？我只是要去上個廁所休息一下。到這個年紀就憋不住尿啊。哈哈！」

「那麼，追月先生，請你到走廊的椅子上坐一下，等會兒叫你。」

當我要走出診療室的時候，八乙女護理師親切地對我這麼說明。

「總覺得有點白操心了……不對啦，我在講什麼？我又不是特別想死之類的。」

不管怎麼說，總之我很幸運地得救了。

肉體上的傷害只有右腳骨折、頭上長包以及其他擦傷。就這樣。

我的身體會自動且快速地修復傷害，因此本來其實沒有跑醫院的必要。但無奈的是，車禍現場被其他人目擊到了。

明顯被車撞飛的一幕既然被看見，我總不能再說「我沒事」，然後就那樣坐在長凳上繼續等人。於是我只好姑且做個樣子，跑了一趟醫院。

然後很幸運的是，稍微找了一下就發現在水島園旁邊有這麼一間遠枡綜合醫院。

「剛才的飲料費加上治療費用……只有開銷不斷增加啊。」

這次的工作不但相當費勁——還很費錢呢。

車禍時擦破的褲管看起來真沒出息。

肇事的那輛車也不知道是開車不專心還是打瞌睡，還來不及確認就逃掉了。我有記下車牌號碼，自己打一一〇報警，但老實說也不知道後續會如何。若警方有抓到肇事駕駛當然最好，不過我現在其實也沒時間管那邊的事情。

話雖如此，在腳的骨折治好之前，我現在必須想辦法暫時躲過醫生與護理師們。

要說為什麼嘛，因為要是讓已經開始逐漸修復的腳被拍下什麼斷層掃描，會惹來很多麻煩。

你的身體到底怎麼回事？你真的是人類嗎？欸，快來解剖，快到學會上發表——我可不想引起這些騷動。雖然可能是我想太多啦。

總之，其實用不著讓醫院幫我做什麼固定器，我只要找地方消磨時間等待自然痊癒後，再健健康康離開醫院就好。

「去躲在廁所嗎……是可以啦。但萬一真的有肚子不舒服的人想上就不太好意思啦。」

就在這時，我看見樓梯。

「頂樓好了。」

於是我一邊喝著飲料，一邊爬樓梯。雖然還有一點怪怪的感覺，不過腳已經不太感到疼痛了。

「最近這陣子總覺得我的傷好像修復得越來越快……是我的錯覺嗎？」

在通往頂樓的門前立著一塊不太起眼的『禁止進入』告示牌。或許以前在這裡發生過什麼意外吧。既然是不會有人來的場所，對我來說反而更好。但如果門根本上著鎖，我也只能摸摸鼻子放棄了。

然而一反我心中的不安，門把輕輕一轉就被轉開，讓我得以來到頂樓。

晚風迎面吹來。

我忍不住「哦哦！」地發出驚嘆。

從頂樓上可以將逐漸入夜的街景以及水島園的燈光裝飾都盡收眼底，說是一片美景也不為過。

在幾百公尺遠處的那座古怪摩天輪也散發出強烈的存在感。

「呃，現在可不是欣賞景色的時候。必須向莉莉忒雅告知一聲才行。」

雖然當時得意洋洋地跑出遊樂園卻遇上車禍差點喪命感覺有夠窩囊，但我也不能對她說謊。或者說就算我隱瞞了，肯定也會被莉莉忒雅發現。

於是我躲到排列在頂樓的空調室外機後面，拿出手機。太好啦，沒壞。

「啊，喂？莉莉忒雅。」

電話接通的瞬間，吵雜的音樂聲便竄入我的耳朵。

「很抱歉讓妳久等了。其實我這邊遇上了一點小意外，現在來到附近的一間醫院。不過沒有什麼事情需要擔心的。」

我確認莉莉忒雅接起電話後，就因為些許的愧疚感而馬上如連珠炮地說明起來。

相對地，莉莉忒雅則是很意外地說了一句：『大事不好了。』

「啥？發生什麼事？難道妳發現戒指了？」

『不。很抱歉，戒指我還沒找到。但現在不是那件事。』

莉莉忒雅似乎是邊跑邊講電話，可以聽出她呼吸有些急促。一開始聽見的音樂聲也很快遠離。

『園內好像發生了什麼事故，或者事件。』

「……事件？」

『就在剛才，寶箱輪突然停止了。』

「寶……什麼東西？」

『快樂藏寶箱摩天輪。請你記起來。』

「哦哦，那個啊。摩天輪發生了什麼事嗎？」

我聽她這麼說才想起這名稱，從醫院頂樓重新注視那座摩天輪。剛才我都沒注意到，不過聽她講才發現，摩天輪確實停止轉動了。

『在停止之後幾分鐘，我看見有好幾名工作人員慌慌張張跑向寶箱輪。』

「應該只是單純的機械故障吧？」

『不，我另外也聽見從摩天輪的方向回來的人們口中大叫著，說坐在摩天輪上的遊客們全部都死了。』

「居然鬧出了人命啊。這下可嚴重…………嗯？抱歉，妳剛說了什麼？全部？」

我彎低身子躲避大樓風，並重新確認。

「坐在摩天輪上的遊客……？」

『遊客。』

「全部都死了嗎！」

在那座用愉快的電子裝飾與燈光照得五彩繽紛的摩天輪上？

突然接收到這樣脫離現實的情報，害我腦袋一時之間轉不過來了。

『我現在正趕往現場。』

「……知道了。我也馬上過去。」

即使搞不清楚狀況，我依然決定先行動再說。雖然多少有種就算我去了也不能做什麼的感覺。

「既然遭遇上事件現場，做為偵探總不能放著不管啊。對吧？」

聽到我這麼說，莉莉忒雅莫名滿意地吐了一口氣。

『說得沒錯。假如是你父親斷也大人，肯定會率先衝進現場不會錯的。』

「別說了。追月斷也那個偵探可是一名會把案發現場大肆破壞再重新構築，最終甚至將事件本身還有各種情緒或餘韻之類的東西都糟蹋殆盡之後離去的男人。我無法變得像老爸那樣，也不想變成那樣。」

我如此道出自己的真心話。

『朔也大人對於父親的評價，每次聽起來都很獨特呢……話說，朔也大人。』

「什麼事？」

『請問你和費多大人會合了嗎？』

被她戳到痛處了。

「呃……不，還沒有。我就說我這邊也發生了很多事情啊。既然費多沒有再聯絡，我想應該還在過來的路上吧。不過畢竟對方可是被稱為英國最強的偵探，只要讓費多跟那起事件扯上關係，搞不好根本就沒有我的戲分了吧。」

『你又在講那種沒志氣的話。請你至少也表現一下跟對方來場推理較勁的氣魄呀。』

　聽完莉莉忒雅這段激勵後，我掛斷電話，回到門邊。

「啊！追月先生！」

　在門前，我和護理師碰個正著了。就是剛才診療時的那位八乙女護理師，似乎剛好打開門走出來到頂樓上。

「終於找到你了！跑哪裡去啦！因為你不在走廊上，害我到處找人！」

「不好意思，我迷路了。」

「快快快，請你乖乖待在樓下喔。還有，這地方禁止進入啊。」

　我就這麼像個小孩子一樣邊挨罵邊離開了頂樓。

　與八乙女護理師分開後，我立刻又來到一樓。雖然剛剛才被罵過，讓我心中有點過意不去就是了。

　接著一臉若無其事地通過門口服務臺前面，離開了醫院。

　我姑且有在批價櫃檯上偷偷多放了一點錢當作診療費，但要是還有什麼問題，等事情都安定下來之後再來醫院一趟吧。

　醫院前的道路把人行道做得比較寬，但行人倒是很少。雖然就這麼沿路走回水島園當然也可以，不過直接穿過中間的公園應該會比較快。

於是我離開人行道進入公園，頭上的天空很快就被樹木遮掩了。

「這座公園，以前在白天的時候有被莉莉忒雅拖來過幾次，但原來到了晚上這麼暗啊。」

為什麼不再多裝一些路燈或照明設備呢？而且由於周圍不是住宅區，所以晚上也很少人經過。

「這樣女性或小孩應該會怕得不敢走吧……」

正當我如此擔心著別人的事情時——視野忽然變得搖晃模糊。

老實講，我一時還以為是自己的兩顆眼珠子彈出來掉到地上了。

「嗚……！怎、怎麼……」

雙腳頓時無力，讓我當場跪到地上。聽覺麻痺而開始耳鳴，所有聲音都逐漸遠去。

頭部隱隱作痛。被毆打了？

有沒有出血？

我情急中想要伸手確認，但手臂卻麻痺無法動彈。我的身體在短短一瞬間就遭受到致命性的傷害了。

「是……誰……？」

我趴在地上奮力轉向背後。

有個人影站在那裡。可是光線太暗，看不清楚長相。

是誰？為什麼要毆打我？

對方是從背後痛毆我的頭部……然而觸感有點奇怪……視野……越來越模糊。

啊啊——

不行了，腦袋變得模糊，無法做具體的思考。是顱內出血？看來腦部很重要的部分受到了傷害。

必須打電話……給莉莉忒雅……公園、摩天輪……費……多——

那個人影朝倒在地上的我又再度揮落凶器——臂力可真大。

「好死不死竟然偏偏是偵探，別開玩笑了。」

對逐漸死去的我，男人如此說道。

尤柳・德林傑的問候・2

乖乖待在這裡等——對方手下如此命令後，把我強行關進了一間高級公寓的房間中。

被帶來這裡的路上，我的手機和行李全都被奪走了。在移動中的車上我還被戴上眼罩，所以不太確定這裡究竟是什麼地方，不過還是可以預測出一個大概。

雖然他們似乎很努力地讓車子繞了很多遠路，但很可惜，盧西亞諾家族的地盤地圖全都記在我的腦中了。

畢竟他們應該無法把我帶到自己的勢力無法伸及的遠處，因此這裡想必離剛才那間咖啡廳不遠。

窗戶都拉下百葉窗，讓室內很昏暗。即便如此，依然可以看到感覺莫名華麗而高級的家具與畫作等等室內裝飾。

盧西亞諾家族原本是個長年來幹些零碎勾當的黑手黨小幫派。然而不知是什麼契機下，近幾年一口氣擴大了勢力。這房間就彷彿證明了那樣氣勢盛旺的狀況。

可是那品味也真是低級，簡直有如在舉辦什麼虛榮世界大會一樣。

「象牙裝飾品這種東西，我多久沒看到了呀。」

「如果妳不喜歡，我明天就全部拿去賣掉。」

本來只是自言自語卻傳來回應，於是我把頭轉過去，便見到盧西亞諾站在門前。

「這整棟房子都是我們的東西，而這裡是我的私人房間。好啦，尤柳，雖然我很高興總算能夠跟妳兩人獨處，但遺憾的是我必須在這幾天內把妳交出去。」

「交出去？給誰？」

「那不是妳需要知道的事情。」

至少可以確定不是警察吧。

我坐到一旁的桌子上，晃著兩腳的高跟鞋說道：

「看來我正在追蹤的情報是某種碰了會非常糟糕的事情呢。威震天下的盧西亞諾家族竟然需要搖著狗尾巴將我進奉上去的人物，究竟是何方神聖呀？」

「很好，尤柳，妳就是應該這樣。傳聞不假，妳果然是個好女人。要放掉妳真的是太可惜了。」

也不曉得到底有沒有聽懂我的挑釁，盧西亞諾開心大笑起來。

「……話說這套禮服是什麼意思？」

我對自己現在身上這套純白禮服要求說明。這是被關進房間的時候對方手下強塞給我，要我穿著慢慢等的東西。

「很適合妳啊。太漂亮了。」盧西亞諾說道。

「和妳在一起的時間，我一秒鐘都不想浪費。所以——」

「所以？」

「我們結婚吧。」

「……啥？」

「就算只有短短幾天也好。我想當個娶妳為妻的男人。」

「換言之，這是結婚禮服囉？」

唉，好糟。他眼神是認真的。

這種事情無法用理論說明，我就是知道。

眼前這男人是真心愛上我了。

「我好歹是活在黑社會的男人，非常清楚妳這女人有多危險，女帝(Empress)。姓名、外貌、身分都能隨心所欲地改變，只靠一招化妝就能變身成各種女人，讓全世界眾多為政者傾倒著迷的魔性之女。我一直以來都期待能見到妳，夢想著有一天妳會降臨在我身邊啊。」

「而今天你的男孩夢實現了是嗎？」

我傻眼得差點想笑出來。

受不了，**這已經是我人生中第幾百次受到求婚啦**？

我憋住笑意，再一次觀察房間。

這裡的牆壁、地板與窗戶玻璃，恐怕都是子彈打不穿的特製厚度。要說我為什麼知道，因為房內發出聲響時從牆壁傳來的回音，走路時感受到的地板硬度，對外界聲音的隔音效果——從各式各樣的層面都能推估。

不愧是黑手黨老大的私人房間，設計得真是小心謹慎。

雖然我是為了獲得情報才故意被抓，不過要從這裡溜出去看來需要花點功夫呢。

「馬上來舉辦婚禮吧。我會安排一場最棒的婚宴，也不會讓妳的生活吃任何苦。明天我就準備好戒指。妳會接受我的愛吧？」

盧西亞諾彷彿除了自己的心意之外全都不重要似的，對我熱情發表。

正當我覺得有點傷腦筋的時候，盧西亞諾的部下進入房間，在他耳邊悄聲報告：

「老大，那傢伙來了。正在樓下等。」

「那個尋寶獵人嗎……知道了。」

盧西亞諾明顯露出被破壞了興致的表情，不過又立刻裝模作樣地對我微笑。

「抱歉啦，尤柳。我必須先去處理一點工作。妳在這裡稍微等一下。哦哦對了，桌上的紅酒隨便妳喝，冰箱裡也有各國啤酒。要是想吃點水果，就叫人準備。有什麼事就跟這個皮歐講，不用客氣。」

把自己能夠發揮的親切態度全部表現完後，他便瀟灑地離開房間。

房內只剩下他稱為「皮歐」的男人。

皮歐是個身高將近兩公尺的巨漢，有如把所有感情都丟在自己家沒帶出來似地板著一張臉監視著我。

小的不會碰妳任何一根寒毛——只要妳不奢想從這裡溜出去。

那男人的眼神如此表明。

好啦，我這下該怎麼做？

第二章 有什麼不好？這不是很棒嗎？

「歡迎『回來』。」

我復活後，發現自己在一間幽暗而微寒的房間。

仰望上方的視線看到的是冰冷的天花板，以及莉莉忒雅的臉蛋。

她既不微笑也沒悲傷，臉上帶著感覺只有這種時候的莉莉忒雅專用的表情，低頭看著我。

我的後腦杓可以感受到她柔軟的大腿觸感。

「莉莉忒雅……我……」

「你又被殺了呢，朔也大人。」

「……看來是這樣。」

我有點搖晃地坐起身子。

「這裡是……？」

「遠枡綜合醫院的太平間。」

「太平間……」

簡直是最適合被殺之後復活，也最可笑的場所。

仔細一看，莉莉忒雅深坐在安置遺體用的床上。看來她就是這樣讓我躺著大腿，等待我復活的。

「是莉莉忒雅發現我的屍體，把我搬到這裡來的？」

「不，我抵達摩天輪旁收集情報後想再度聯絡朔也大人，可是電話接不通。因此有了不好的預感，而來到了醫院。從那之後經過了三十六分鐘。」

這張特殊的床約有一般成人腰部的高度。或許是不自覺的動作，莉莉忒雅搖晃著從床邊垂下去的雙腳如此說明。

「我在服務臺形容朔也大人的特徵並表示自己是關係人，請院方查了一下後，對方便告訴我你被捲入車禍事故導致喪命，然後將我帶到這裡來。結果我就在床上看到了已成為不歸之人的朔也大人。」

「不不不，我有回來吧……呃，等等喔？車禍事故？」

「是的，聽說是在車禍時撞到頭部，導致顱內出血而喪命的。居然在移動途中遭遇車禍，你也太大意了。」

「怎麼可能！呃不，我的確有碰上車禍啦，但那時候只有骨折而已。是真的！

我甚至還感到有點白操心了。可是後來我溜出醫院……對！在那座公園被什麼人偷襲了！」

「請問那會不會是你在作夢？會不會是在最初的車禍中其實就已經喪命，只是你沒發現自己死了，結果化為幽靈到處徘徊？」

「別講那麼恐怖的話啊！不要開玩笑了！」

「確實是我開玩笑。」

「喂，莉莉忒雅，妳什麼時候學會了這麼惡質的玩笑？」

我本來覺得必須好好訓她一頓而氣得聳起肩膀，但她卻用力把臉蛋別開。

「所以人家不是說了嗎？都是因為朔也大人丟下莉莉忒雅自己跑掉才會這樣。好笨的人。」

啊啊，她鼓起腮幫子了。

「只是稍微移開視線就這樣。人家巴不得偷偷躲進朔也大人的褲子口袋裡二十四小時監視你呀。」

「嗚……關於這點真的很抱歉。」

「那條破掉的褲子，是誰要縫？」

「是莉莉忒雅……」

我聳起的肩膀轉眼間就萎縮下去。或許見到我這樣子總算滿足了，莉莉忒雅很可愛地用雙手遮著嘴巴輕笑一聲。

哦？這是代表已經可以換到下個話題的暗號。

於是我順勢說明了自己被殺時的狀況。

「在昏暗的公園中被人偷襲呀？這社會可真恐怖呢。」

「我應該是被什麼鈍器毆打的，但不清楚凶器是什麼。」

「臨死前也沒能看到是嗎？」

「對，還有凶手的長相也是……不過啊……那個觸感……」

我忍不住摸摸自己的頭。優秀的身體特質已經讓傷口痊癒了。

「請問有什麼事讓你感到在意嗎？」

「嗯～總覺得留在頭部的觸感啊……算了，現在不重要。更重要的是我究竟被誰殺死，又為什麼必須被殺掉。」

「請問你沒有頭緒嗎？」

「看起來沒有什麼貴重物品被偷走的樣子，所以不是強盜殺人……真要說什麼頭緒……大概就是開車把我撞飛又逃走的人——吧？例如說，對方可能從最初就打算把我撞死而開車衝過來，但是卻沒能讓我當場喪命，所以這次為了確實把我殺掉而跟蹤在我後面……之類的。」

假如對方本來就有殺掉我的打算，在目前的狀況下可能會做那種事情的人物——

「最初的七人(Seven Old Men)之中的誰嗎……？」

「考慮到朔也大人的立場，那種可能性確實很高。不過……」

莉莉忒雅的表情看起來很複雜。

「妳覺得這說法不太對勁？」

「不，沒關係。現在在這裡想再多也不會有答案的。」

總覺得今天我們兩個人好像都感到不太對勁。

「……說得也是。搞不好真的是我運氣太差，碰上了過路殺人魔。」

確實感覺再怎麼討論都不會有答案，於是我們決定暫停推理。

莉莉忒雅從床上跳下去後，對我伸出手。

「首先讓我們離開醫院(這裡)吧。寶箱輪的事件也很令人在意呀。」

「對了！摩天輪！還有那邊的事件啊。可是我擅自離開沒關係嗎？」

雖然我剛剛才擅自從醫院溜出去，實在沒資格講這種話，但這次是化為屍體被搬進醫院的，讓我不禁感到在意。

然而莉莉忒雅這時講出了很巧妙的一句話：

「醫院是拯救人命的場所。已經死掉的人就**沒事**了吧？」

無論我或醫院都沒事需要找對方——是嗎？這雙關語還不賴。

□

返回水島園的路上，莉莉忒雅向我大致說明了在水島園發生的事件。

案發現場是那座改建沒多久的摩天輪。

被發現的時刻為下午五點半之後。

一名工作人員將轉了一圈回到地面的座艙打開，要讓裡面的乘客下來。據說就在這時察覺了異狀。

「不管等了多久，裡面的乘客就是不出來。於是工作人員感到奇怪而探頭觀察，才發現乘客在座艙中遭到殺害了。」

莉莉忒雅盡可能不讓自己的感情和主觀摻入其中，語氣平淡地說著。

「座艙裡只有一名乘客，似乎是年近二十歲的男性。他被一把刀深深刺進背部，趴在座椅上喪命的樣子。」

工作人員見到這一幕當場嚇得腳軟，然而摩天輪依然無情地繼續轉動。

就這樣，下一個座艙回到地面。

結果──那座艙中也出現了死人。

「這次是四十五歲上下的一對夫妻。雙方都口吐白沫，看起來是在痛苦掙扎中死去的。」

摩天輪還在轉動。

跳過一個無人乘坐的座艙後，下個座艙裡則是一名初老的女性被某種刀具刺破了喉嚨——

在跳過兩個座艙後，接著是年近三十的男性胸口被刀刺傷——

接二連三地——座艙不斷送來一具具的屍體。

工作人員陷入驚慌，趕緊讓摩天輪停止。

到最後全部三十二個座艙之中，約半數的十五個座艙裡出現了犧牲者。

而且是在摩天輪轉一圈約十分鐘的時間內——

當我們回到水島園，園內的混亂狀況正逐漸擴散。

與我們錯身而過的擔架被送往驗票口的方向。

警方似乎還沒抵達。

「好像因為狀況太過混亂，導致通報延遲了。由於一旁就是醫院，所以在情急之中立刻叫來了救護車。但是關於通報警方的事情，大家卻都以為總有人已經報警了。」

雖然園方停止了摩天輪，不過關於該不該把整個園區都封鎖之類的應對，工作人員們看來還猶豫不決的樣子。

犧牲者的人數最終到了多少人也還沒個頭緒。

「事情變得好嚴重呢。」

「是啊，雖然是在遊樂園，但這下看來咱們兩個都不能再抱著玩樂的心態了。」

「咱們兩個？」

莉莉忒雅對我的發言做出反應。

「我並沒有抱著玩樂的心態喔？」

「咦？可是剛才通電話的時候，妳不是正一個人在坐旋轉木馬嗎？」

我別無惡意地如此詢問，結果莉莉忒雅的小臉蛋霎時泛紅。

「為什麼！」

「哦哦，因為我在電話中有聽見旋轉木馬的音樂聲，就猜想應該是這樣吧。我猜錯了？」

「人家才沒有坐！莉莉忒雅只是在排隊而已！」

那不就是準備要坐了嗎？

當我們抵達現場的時候，被害者們已經全數從摩天輪座艙中被搬送出去了。

工作人員們拚命地想要驅離在現場圍觀或拍攝的一般遊客。

浮現於夜空的摩天輪。在發生這種事件之後抬頭仰望，莫名有種像是恐怖食人機器的感覺。

我們為了更靠近現場而穿越人群，結果立刻被一名女性工作人員攔下。

「不好意思，現在請不要靠近。」

「呃，我叫追月朔也。別看這樣，我其實是一位偵探。我看警方好像會來得比較晚，所以想說自己是不是可以幫上什麼忙。」

「咦？偵探？你嗎？」

「是的，因此我想我對於這類的現場應該相對來說比較熟悉。」

我稍微客氣地如此主張後，站在現場深處的一名男性工作人員「什麼！」地發出驚呼聲。我還以為是我的主張發揮了效果，但他卻緊接著說道：

「又是偵探啊！這裡已經不需要再有偵探了！」

「……不需要再有？」

我怎麼好像聽到了平常很少會講的日文？偵探從什麼時候開始變得像推銷報紙或配送牛奶一樣？

「好啦，你快點離開。」

就在我快要被推離現場的時候，從摩天輪入口的方向傳來澄澈的聲音：

「你剛才是不是說自己叫追月？」

從工作人員之間鑽出來的是一名上衣外面套著別致的背心、有著一頭淡金色秀髮的異國少女。

「對不對？對不對？」

年齡大概跟我差不多。

她腳邊有個看起來長年使用過的褐紅色旅行箱，還有一隻眼神極為銳利的中型犬跟在旁邊。

也許是她的愛犬吧？異國少女配一隻狗。雖然很難用話語形容，不過這搭配看起來莫名合適。

「那麼你就是朔也・追月囉！那位斷也先生的兒子！」

她全身散發出友善氣息走過來。從熱褲底下伸出來的兩條腿綻放著耀眼的健康魅力。

「是、沒錯啦……」

聽到我這麼回答後，她馬上對一旁的工作人員表示：

「那麼請讓他進來吧。他肯定是非常優秀的偵探。」

「這、這樣啊……既然妳這麼說，那請進吧。」

雖然很感謝她的推薦讓我可以進去現場啦，但是把對我的期待值抬得太高也讓我很頭痛啊。

「初次見面！真高興能見到你。」

少女對我重新問好，並展開雙臂露出笑容。

「那麼……妳就是費多？」

「哎呀～沒想到一抵達遊樂園就立刻遇上這麼嚴重的事件呢。不過我跟工作人員講說這邊是偵探，就不知不覺間開始協助調查啦。」

這確實是我剛剛在電話中聽過的聲音，但語調卻完全判若兩人。剛才在電話中明明像個頹廢的老兵，現在卻表現得開朗活潑又親切可人。

難道是因為對日文還不熟悉，所以講話語調也不安定嗎？

就在我陷入這小小的疑惑時，少女依舊張開著雙臂，像是在等待什麼。

「嗯？」

我表現出困惑的態度，結果她輕輕地左右搖晃身體示意。

結果我大約遲了兩拍左右才總算領會對方的意思。

「啊！擁抱！對了，抱歉抱歉！」

對異國文化感到不知所措的我輕輕抱了對方一下。

沒想到英國最強偵探竟然是跟我同年代的人物，實在太驚人了。

世界真是無奇不有——正當我事到如今才湧現感慨的時候，費多保持著擁抱的姿勢在我耳邊低語：

「雖然我這邊被捲入事件很不幸，不過看來你那邊也遇上了很不幸的事呢。」

「……為什麼妳會知道？」

剛剛在公園發生的事情閃過腦海，讓我忍不住心臟用力一跳。

「只要看你那破掉的褲管跟弄髒的外套就知道啦。我看得出來，朔也，你在來到這邊的路上……」

不愧是大名鼎鼎的偵探，一見到面就從我的狀況開始個人分析了。這下看來可以讓我拜見一下有如夏洛克．福爾摩斯般犀利的推理。

「你在千鈞一髮之際驚險拯救了一隻差點被車撞到的小狗對不對？我剛剛在遊樂園外面有看到一隻小狗，躲在自動販賣機後面全身發抖。就在那旁邊的路面上還有煞車留下的胎痕，所以我立刻明白了。朔也之所以沒接我的電話，是因為你拯救了一條小生命。這就是Q．E．D！」

「呃，並不是那樣。」

根本一點都不犀利。完全是牽強附會，自以為是的妄想。臆測錯誤也該有個限度。

「咦！不對嗎？怎、怎麼會……太奇怪了～」

偵探費多，沒問題嗎？

「還有什麼『這就是Q．E．D』啦。拜託妳別再講第二次了。我們家莉莉忒雅非常討厭那種很遜的臺詞啊。對吧，莉莉忒雅？」

「請不要在這種時候突然把話題帶到人家身上。不好意思，問候得遲了。我是朔也大人的助手，名叫莉莉忒雅。」

莉莉忒雅對於我的突然傳球也不為所動地穩穩接住，向對方做無可挑剔的問候。

「莉莉忒雅！請多指教喔！」

費多對莉莉忒雅也同樣邀請擁抱，莉莉忒雅則是用非常熟練的舉止回應。

我不禁瞇著眼睛欣賞這一幕美麗出色的國際交流景象，並重新對她表示歡迎：

「費多小姐，歡迎妳遠道光臨日本。」

「我好久沒來日本了，所以也很開心呢！嗯？等等……你說費多，是在叫我嗎？」

然而在寒暄途中，費多忽然表情一愣。

「嗯？所以我意思是說，妳就是名偵探費多……對吧？」

我重新如此詢問。

可是她卻對我搖搖頭。

「不是喔？」

「嗯嗯？那麼妳究竟是誰？」

「我叫貝爾卡。貝爾卡・齊柏林！是費多獨一無二的助手！」

「助手？哦哦，什麼嘛，原來是助手！這種事妳早點說啊。我還以為……」

「抱歉抱歉！因為一抵達就發生了很多事，讓我忘記自我介紹了。」

真是害人混淆。不過既然如此，也能理解她剛才那段胡亂推理了。

「但妳在電話中講話時不是自稱費多嗎？」

「那當然囉～因為那時候我是把費多老師的發言原封不動地傳達給你聽呀。」

「哦哦，也就是從英文幫忙口譯成日文啊。」

「嗯～說口譯嘛……也算是口譯吧。」

總覺得聽不太懂她想表達什麼。

「話說那位費多老師在哪兒……？」

「你在說什麼呀？費多老師從剛才不就一直在這裡嗎！你看！」

本來以為是費多的助手貝爾卡用誇張的動作把雙手往旁邊一擺，「看！」地為我介紹費多本人。

而在她雙手所示的地方，是從剛才就默默跟在貝爾卡旁邊的——那隻狗。

「呃？」

那隻狗似乎發覺話題總算被帶到自己身上，從下方凶狠地瞪向我。

「妳說這隻狗……？這是……英式幽默？」

「ＮＯ！」

「咦……咦咦！這隻狗就是名偵探費多？」

我忍不住看向莉莉忒雅詢問意見，但她卻完全不為所動。

「朔也大人，難道你都不曉得嗎？」

「原來妳知道！搞什麼，那妳為何不事先告訴我啦！」

「對方可是英國出名的偵探大人喔？我以為既然身為同業，應該理所當然會知道呀。」

被她這麼說我就無從反駁了。

「朔也大人，如果你今後想要當個偵探，請你對偵探的世界稍微再多產生一點興趣，多增廣一些見聞吧。你這樣莉莉忒雅很擔心呀。」

我被她說得難以招架。身為一個才剛從老爸手中繼承事務所的菜鳥，我也只能說我會努力精進了。

「可是，萬萬沒料到竟然會是狗啊……原來是這樣。真是令人驚訝……」

這世界無奇不有，充滿各種謎團。

面帶微笑望著我這般驚嘆模樣的貝爾卡這時冷不防地開口：

『小鬼，你要驚訝得讓眼珠子還是其他珠子跳出來都是你家的事，但是慌張失措頂多五秒鐘就夠了，再多只會證明自己是無能之輩。』

「呃……？貝爾卡……妳剛說什麼……？」

我親眼看到了。這句過分的發言竟然是從貝爾卡的口中冒出來。我確實看到，也聽到了。

就在我忍不住目瞪口呆地望著貝爾卡的時候，她慌慌張張地用雙手食指指向費多。

「啊，不要誤會！剛才那句是老師講的話！」

「什麼意思？」

「請問也就是說，貝爾卡小姐會將費多大人的發言**翻譯成人類的話語**，代替牠講出來嗎？」

「就是這樣。這位小姑娘的理解能力很好，比這小鬼更像個偵探啊——啊，這也是老師說的喔。」

「居然可以跟狗交談……莉莉忒雅，妳覺得可以相信嗎？」

我在莉莉忒雅耳邊如此悄聲詢問，結果她一臉認真地說出「有什麼不好？這不是很棒嗎？」這種話。

「再說，朔也大人，你有資格講別人嗎？」

的確。

即使被殺掉也能復活的我，實在沒資格對別人說三道四。

大名鼎鼎的偵探其實是隻狗，而牠的助手能夠和狗交談——看來偶爾也會有這樣的事情呢。

接二連三的驚人事實雖然讓我都暈了起來，但現在也只能接受這些事情繼續講下去了。

「你們就算在那邊咬耳朵，我也可以聽得清清楚楚。本來聽說是斷也的兒子，我還想瞧瞧是什麼樣的傢伙。唉，沒料到冒出的竟是個傻愣子。」

貝爾卡——代替費多如此說道。

看來貝爾卡在代理發言的時候，語調會變得比較低沉而穩重的樣子。

而且仔細一瞧，每當貝爾卡在口譯之前，費多總會「汪嗚」或是「嘎嗚」地小聲吠叫。

「費多，其實我有件事情想要拜託你幫忙。為了收集關於老爸……不，關於最初的七人（Seven Old Men）的情報。」

「哼，我早預料到是那樣了。但現在首先是眼前這樁事件。像日本的迴轉壽司也是要先從擺在眼前的這盤開始吃起吧？」

彷彿在取笑我的焦急似的，費多靈活翹起一邊的眼皮，仰望摩天輪。

「這可是釀出多名犧牲者，被混亂漩渦吞沒的摩天輪。好啦，小鬼，你要如何推理？若你是認真想要與最初的七人（Seven Old Men）接觸，就讓我瞧瞧你稍微精明一點的表現吧。」

費多打算試探我的實力——意思說如果我這次什麼都做不到，牠就不會協助我了。

「……我試試看。」

假如是平常的我，這種時候應該會選擇稍微語帶保留的講法，但這次我有明確的目標。為了達成目標，就必須得到費多協助。而想藉助於牠的力量，就要先獲得牠的認同。

既然如此，我也只能幹了。

「就讓你看看吧，我追月朔也的推理。」

「朔也大人，那句臺詞聽起來有點遜呢。」

「不、不行嗎？」

「在自己名字前面加上『我』就是感覺很遜呀。」

今天莉莉忒雅的判定還是一如往常地嚴格呢。

寶箱輪建於水島園的西端，靠近園區邊緣的最深處——關於這點只要從園區簡介的地圖上就可以知道。不過實際來到現場可以發現，在園區旁邊有一條河流經過。

「像這樣仔細觀察，原來摩天輪的圓環左端有一部分是突出到河的上空啊。」

對某些人來說，這樣的設計或許比較刺激，可以看到有趣的景色。

對面河岸的建築物燈光映在幽暗的水面上，隨波搖盪。

這一帶地區是靠填海造出來的土地，離海不遠，因此河面很寬，水流也較平靜。不時可以看到什麼大型魚類跳出水面濺起的水花。

我如此重新觀察完寶箱輪周邊後，開始探聽情報。

「當事件發生的時候，請問有什麼讓妳在意的事情嗎？」

我們請園方介紹了案發當時據說站在寶箱輪入口附近的女性員工芥澤小姐，並向她問話。

費多與貝爾卡則是一副「我們不插嘴喔」地站在我們後面，不過感覺還是有在偷聽我們對話的樣子。

「無論是看到、聽到、聞到或摸到，什麼事都可以。」

芥澤小姐鐵青著表情，「這個嘛……」地開口。

「畢竟發生得太突然了，所以……」

她是一名戴著紅色員工帽，把頭髮綁成馬尾從帽子後面伸出來的大塊頭女性。然而現在或許由於飽受驚嚇，把身體縮得很小。

「事發當時，寶箱輪的遊客似乎還不算少的樣子吧？據說有一半以上的座艙都坐了人。」

「是的，老實說我們原本對於費用打五折的效果沒有抱太多期待，不過後來員工們也在說，搞不好真的發揮了吸引遊客的效果……只是萬萬沒想到居然會發生這種事情。」

「原本不抱期待？……這樣喔。那麼請問，當時坐在摩天輪上的乘客們是全數犧牲了嗎？」

「沒錯！狀況簡直糟透了……但是其中依然有人感覺應該還能得救，所以我拚命想著要快點叫救護車來……」

「那請問妳有在現場附近看到什麼可疑人物嗎？例如……快步離開了現場之類的。」

「呃……不好意思。當時我沒有餘力去注意那種事情……」

這也怪不得她。從工作人員的立場來看，當時的狀況簡直有如惡夢，想必也沒有餘力冷靜觀察周圍甚至留下記憶吧。

「其他還有什麼讓妳感到在意的事情嗎？什麼樣的事情都可以。」

我保險起見再重新確認了一次，結果芥澤小姐開口表示「嗯～硬要說的話……」並繼續說道：

「之前的日輪摩天輪剛剛被改建成寶箱輪的那段時期，在網路上有流傳過一點小小的謠言。」

「謠言？」

「只是很幼稚的謠言。那個……說寶箱輪有被什麼惡靈附身之類的。」

「也就是像鬼故事類型的都市傳說啊。請問在改建之前應該沒有那樣的傳聞吧？說有幽靈或妖怪附身在日輪摩天輪上之類。」

「沒有，是到最近才突然流傳起來的。不過其實好像也只是一小部分的人抱著好玩心態在隨便講的而已……而畢竟新的摩天輪本來評價就不是很好，又流傳出那樣令人發毛的謠言，導致遊客們更加不想來坐了。」

「哦哦，所以員工們才會對打折活動沒有抱太多期待是吧。」

據說那個謠言的出處到頭來還是搞不清楚的樣子。

明明是全新建好的遊樂設施卻說被惡靈附身，老實講讓人有種怪怪的感覺。不過可以認定和這次的事件完全沒有關係嗎？

難道是摩天輪的惡靈把乘客們一一殺害了？

不不不。

再怎麼說應該都不可能有那樣的事情，然而跟事件毫無關係的一般大眾恐怕會將兩者聯想在一起，暫且接受這樣的說法吧。

有時候比起真相，人們更容易把明知不真實但聽起來有趣的虛構故事流傳出去。假如那是發生在跟自己沒有關係，連位於哪座城鎮都不曉得的遊樂園，就更不用說了。

好啦，能問的話都大致問完了。

我和莉莉忒雅向芥澤小姐道謝後準備離開，但立刻又被另一位年輕的男性員工叫住。

「那個……因為當時正處於很嚴重的狀況中……我不是很有把握。不過……」

據他說，他是聽見芥澤小姐一開始發出的尖叫聲而最先趕到現場的人物之一。

「請問你有看到什麼嗎？聽起來當時工作人員們大家都很慌亂的樣子。」

「那當然啊，畢竟坐上摩天輪的乘客們接二連三地……以那麼嚴重的狀態回到地上，所以大家都慌成一團，光是把人搬出摩天輪都來不及了……不過就在這時候……我總覺得有點不對勁。」

「什麼意思？」

「把倒在座艙裡的客人們搬出來後，我們暫時都讓他們躺在摩天輪入口的旁邊。不好意思，因為不那樣做實在趕不上……」

「這個嘛……我想也是。」

印象中我曾在電視上看過一個綜藝節目的企劃，讓人挑戰把接連送來的迴轉壽司快速吃進嘴巴又不能讓壽司掉到桌上。而在這次的狀況中，工作人員可以說是體驗到了最糟糕的類似情形吧。

「後來員工們又接著把他們從這裡搬到了稍微再走進去一點的一間員工休息處。畢竟救護車也還沒趕來，所以同樣只是暫時安置在那個地方……啊。」

男性員工一口氣講到這邊，才表示「不好意思，把話扯遠了。」並拉回正題：

「然後，我剛才重新到那間休息處看了一下……呃，總覺得好像不太合……」

「不太合？什麼不太合？」

他把戴在頭上的紅帽子摘下來，用雙手揉成了一團。

「就是數量。遺體的數量……啊，現在還不知道有沒有正式死亡，所以不能講遺體嗎……可是看那狀況感覺幾乎不會有人得救……」

「我們只能祈禱盡量有多一點人獲救，不過現在重點不是那個。請問你剛才說什麼？數量？遺體的數量不合嗎？」

「我覺得……好像少了一個人。」

那完全是大問題吧？

「呃不！所以我說……當時把人搬出來的時候我們都亂成一團，所以老實講我沒什麼把握！到底全部搬出了幾個人，每個人的長相和打扮又是什麼樣子之類的……！所以搞不好是我記錯……就、就這樣，我先離開了！」

男性員工講到最後情緒徹底爆發，轉身離去。

我和莉莉忒雅目送著他的背影，並討論起來：

「摩天輪的惡靈謠言，還有從現場消失的被害人——」

「若假設那個人的證詞內容並非記錯誤會……」

「那個消失的某人就是凶手——嗎？」

「再進一步想，凶手有可能是偽裝成謠言中的惡靈犯案的呢。」

「搞不好那凶手就是當初散播謠言的人物。」

凶手裝成被害人，讓工作人員們小心翼翼地從摩天輪座艙搬出來，就這麼混在其他犧牲者之中了。

要把一棵樹藏起來就藏在樹林中。要把凶手藏起來……就藏在屍體中？

「接下來只要看準周圍的人們把注意力移開的機會站起來，若無其事從園內走出去……大概是這樣吧。」

「讓人以為已經死了又爬起來，感覺跟朔也大人好像呢。」

「別說了……不過，跟自己殺死的大量犧牲者躺在一起，靜待機會逃亡——真的有人能夠辦到如此大膽的事情嗎？感覺一點也不正常啊。」

「但是朔也大人，光是凶手引發了這麼嚴重的大量殺人事件……」

「本來就已經不正常了……嗎？」

「話雖如此，但剛才也說過了，有可能只是證人記憶錯誤而已。另外就算不是誤會搞錯，目前對於凶手是如何犯案也還完全沒有頭緒呀。」

凶手究竟是如何在摩天輪旋轉一圈的十分鐘內，到正在移動中的各個座艙內把乘客們陸續殺害的？

如此脫離常軌、宛如惡靈的犯罪行為，真的是人類能夠辦到的事情嗎？

假如真的有人類能夠辦到——

那樣超越常識的終極罪犯——頂多只有最初的七人（Seven Old Men）才對。

「難道真的是那些傢伙……？」

「幹什麼像個稻草人一樣愣在那裡？要推理也等所有情報都攤到桌上之後再去推理啊。」

或許是對腦袋差點要當機的我看不下去，費多這時對我叫了一聲。

「你還有沒有看過的地方吧？」

「……說得對。」

我們得到工作人員的許可，實際嘗試坐進摩天輪座艙中。由於現在摩天輪已經停止，所以我們是坐進最下面的座艙裡。

座艙一如摩天輪的名字，是裝飾得金光閃閃的藏寶箱形狀。而且不只外側，裡頭同樣很花俏華麗。

「呀嗚！」

我才想說這是什麼莫名其妙的驚嚇聲，結果原來是貝爾卡發出的聲音。她跟在我們的後面，與費多一起坐進座艙。

「費多！血，是血！」

正如貝爾卡所說，座艙地板上還留著新鮮的血跡。

「我應該說過，在工作時要叫我老師。對不起，我不小心就！真是沒有學習能力的助手。然後呢？小鬼，你的狀況如何？總不會快要貧血昏倒了吧？」

費多如此對我調侃。

「用不著擔心。我對血之類的東西已經很習慣了。雖然我不是很想習慣啦。」

聽我這麼回應，費多頓時笑了。雖然牠是隻狗，但看起來就像在笑。

「這麼說也對啊，不死之身（immortal）。」

在這樣出乎預料的時機從牠口中冒出這樣出乎預料的發言，讓我忍不住嚇了一跳。

「……原來你知道啊？關於我的……」

「你身體的祕密嗎？這很難說。雖然斷也有跟我講過，但不死之身的特殊體質這種東西，我還沒親眼見過也是半信半疑啊。」

原來如此——

費多有聽說過關於我身體的祕密。也就是說，牠應該毫無疑問是老爸的故交，也是個優秀的偵探。

「我這個不叫作不死之身啦。我被殺了還是照樣會死。只是會復活過來罷了。」

「只是……嗎？」

我——這個名為追月朔也的生物，不管被殺掉幾次都會復活過來。

即便心跳停止，身體被燒焦，脖子被砍斷，恐怕就算是全身被劈成兩半也一樣。

這跟所謂不會死的不死之身不同，在本質上是不一樣的。

我只是會重新復活過來而已。

雖然是很麻煩的事情，不過事到如今我也已經慢慢接受了自己這個特殊體質——要講特殊體質，感覺也有點過於脫離常軌就是了。

知道這件事情的人並不多。頂多只有我、老爸、莉莉忒雅以及其他幾個人物。

「這裡有稍微打開一點呢。」

莉莉忒雅指著座艙的窗戶，如此打斷我的思緒。確實，這窗戶有稍微被打開，目測縫隙大約十公分左右。

這窗戶是將上緣往內拉開的那種類型。我稍微伸手扳了一下，但沒辦法再開得更大。或許基於安全上的考量，最多就只能打開到這樣。

「這種程度的縫隙就算再怎麼嬌小的人也沒辦法進出吧。」

我本來想像說不定是什麼身手異常矯捷的凶手，像特技表演一樣沿著摩天輪的支架攀爬移動到各個座艙殺害乘客的。但這下看來是不可能了。

正在轉動的摩天輪，等於是搬送著許多小間密室的棘手裝置。

我接著透過那扇窗玻璃觀察周圍的風景。建築物的燈光在黑夜中描繪出一座城市的形狀。

費多看著這樣的我說道：

「被害者會不會是被人從遠處的某一棟建築物開槍狙擊而死——你是不是在這麼想？」

「是啊，我本來想說會不會有這種可能，但看來也不對。既然窗戶只能開到這個角度，即便是再厲害的狙擊手也不可能辦到。畢竟沒辦法形成一直線。」

「窗戶玻璃跟座艙本體也看不到什麼彈痕。」

莉莉忒雅幫我如此補充。

「嗯，再說，死者之中應該沒有被子彈擊中的人，也沒有人聽到槍聲。我記得第一具發現的遺體是被短刀刺到背部吧？」

「是的，然後凶手如果要辦到這點，果然還是需要入侵到座艙裡才行。」

「就是說啊……」

到底凶手是如何進出的？

難道真的要說是什麼惡靈嗎？

「呃……接著第二個發現的被害者……是什麼狀態？」

不行了。一個個的座艙難以區別，而且被害者的數量也太多了。

「腦袋開始打結了呢。」

貝爾卡也苦思呻吟著。

「好，既然這樣，就趁現在去對照清楚是誰在哪個座艙中怎麼死的吧。我去問問看工作人員！」

幹勁十足的貝爾卡從口袋中拿出筆記本。

「貝爾卡，我不是一直講過？那種事情交給警察去做。老師，不能那樣啊！既然現在警方晚來，就要由剛好在現場的我們早一點把證據記錄下來才行！妳要那麼有幹勁是可以，但妳看看腳下。都踩到血啦。啊哇！拜託你早點說呀！」

費多勸諫著充滿幹勁的助手，助手則是對此提出異議。所謂的搭檔偶爾也會遇上這樣的時候。只不過因為雙方的發言都是從貝爾卡口中講出來，看在旁人眼中簡直就像落語表演或一人分飾兩角的戲一樣。

尤柳・德林傑的問候・3

「哦～哦～好多好多。」

盧西亞諾家族是如今這時代已經很少見的紙本派。

在皮歐帶我來到的保險櫃室中，保管了一本又一本的記帳簿。

財經界、大企業、醫療法人——對世界各國大人物的匯款紀錄以及其他林林總總資料。

從世界上哪個地方流進來的資金，又經由盧西亞諾家族流到世界上另一個地方。搞不好盧西亞諾也是在根本不曉得多少內幕之下，只是傻傻扮演著自己的角色罷了。

我拿出預先藏在內衣裡面的超小型照相機，把資料記錄下來。

混雜在各種大名鼎鼎的企業與組織之中，還有許多沒沒無聞的對象。這些名字都跟我事前調查到的空頭公司相符，而且匯款金額都遠遠超出了一間無名公司該有的交易量。

「啊，這個名字我第一次看到。夏爾特重工？沒聽過呢。哇，好誇張的金額。」

看了一下日期，這名字似乎是從這一年左右才開始出現在紀錄表中。

「算了，要想也等之後再慢慢想吧。」

我把想要的東西都得手之後走出保險櫃室，便看到皮歐站在走廊上等我。他一副惴惴不安地朝我走過來。

「已經好了嗎？」

「嗯，ＯＫ、ＯＫ。謝謝你囉。」

我比了一個Ｙａ的手勢對皮歐嫣然一笑，結果他就有如少年般染紅臉頰。簡直就像戀愛中的男孩子一樣。

不，這樣講不對。皮歐現在是真的對我落入情網。是被推落情網的。就在剛才，**被我推落了情網**。

「呃……這件事情千萬別讓老大……」

「我當然會保密的。好嗎？」

明白了愛為何物的皮歐，現在正全面對我提供協助。

要說這是洗腦——其實不對。他單純只是喜歡上我，認為這麼做是為了我好而主動提供協助的。

明明前一秒還對老大宣誓忠誠，如今卻一心一意只為了幫心儀對象實現願望而行動。

他腦袋很清醒。只不過，戀愛是盲目的。

「你真的幫上我很大的忙呢。還有這個也是，謝謝你幫我拿來喔。」

我晃一晃自己的手機，對他一笑。

「那麼接下來就是從這裡脫逃出去的方法，不過從樓下的話……再怎麼說都會被發現吧。」

既然事情已經辦完，我可不想繼續待在這種充滿男人臭味的地方了。雖然我巴不得立刻逃出去，但皮歐卻冷不防地抓住我手臂，露出緊張僵硬的表情。

「等等，在那之前……拜託妳跟我約定好！只要順利從這裡逃出去後，就跟我……成為家人……」

唉，受不了。義大利的男人為什麼每個都這樣熱情呢？

要求婚之前也跳過太多步驟了。

「那意思是，你想要我當你的新娘嗎？」

我故作不懂而歪著頭如此詢問，結果皮歐的臉變得越來越紅。

「沒、沒、沒錯！」

「是喔……可是，在那之前應該要再多瞭解一下彼此的事情吧？」

其實我大可以為了暫時撐過這個局面而跟他隨口約定，然而那樣也未免太不誠實了。我又不是想要到處對人做結婚詐欺的勾當。

「這……這麼說也對。」

皮歐明顯變得沮喪起來。

「總之，現在只要讓妳從這裡逃出去就可以了嗎？那就沿這個樓梯到頂樓去。」

「頂樓是吧。」

就在皮歐的指路下，我準備踏上樓梯的時候，忽然從下面傳來怒吼。

「喂！為什麼妳跑出來了！」

我從樓梯扶手探頭看向下面，發現盧西亞諾與其他幾名部下正露出目瞪口呆的表情仰望這裡。

「糟糕！」

我趕緊把頭縮回來，衝上樓梯。

打開通往頂樓的門後，一片古街夜景映入眼簾。一盞一盞的燈火微微照亮錯綜複雜的水道。

舒服的海風配上滿天的繁星。

櫛比鱗次的磚瓦建築物。

這裡是威尼斯。水之都在這樣的時間依舊景色優美。

監禁我的這棟房子有四層樓，頂樓距離地面的高度為十公尺。

我立刻把門反鎖，尋找周圍有沒有可逃之處。

發現逃生梯了。但是可以聽見從階梯下已經傳來嘈雜的腳步聲。這樣會被包圍，不能走那邊。

就在這時，我的手機**很悠哉地**發出震動。

「啊！」

我看見來電對象的名字，不禁發出聲音。老實說，現在的狀況非常緊急，但我依然毫不猶豫地接起電話。

「喂～！師父！嗯，現在嗎？沒問題喔～』

『怎麼妳那邊聽起來有點吵啊？』

從電話中傳來的，是我最近已經徹底聽慣的追月朔也的聲音。於是我背對著正準備被踹開的門，享受與**師父**的對話。

「其實我現在是拍片的休息時間，等一下要拍動作場景。」

我一邊講著，一邊在頂樓上繞了一圈。

周圍全都是古老的建築物。從頂樓邊緣到隔壁建築的距離相對比較近。嗯，這樣沒問題。

「師父——我想聽你說。拍片加油，這樣。」

『哦哦……真抱歉我這男人很不會講話。咳咳，妳拍片要加油喔！』

「交給我吧！」

掛斷電話的瞬間，被踹破的門口湧出大批黑手黨。皮歐也在其中，用心境複雜的表情看著我。他的背叛行為似乎沒有被發現的樣子。恐怕整件事都被當作是我擅自從房間溜出來了吧。

算了，沒差。那樣就好。

要是他真的對我講出什麼「死也要跟著妳走」之類的話，我才傷腦筋呢。

「尤柳！妳果然是個不可輕忽大意的女人。太棒了。但妳以為自己逃得掉嗎？」

盧西亞諾猙獰的雙眼看著我。

但是很可惜。我早已脫掉高跟鞋，做好準備了。

「妳想模仿電影一樣來場追逐劇嗎？不過那種事情……呃、喂！妳想幹什麼！那邊是……快停下！」

我無視於盧西亞諾的制止聲，拔腿衝出。

槍聲驟響。幾發子彈飛過我旁邊。

「不准開槍！」盧西亞諾對部下們大吼。

就在這時，我穿著一身結婚禮服從頂樓邊緣跳了出去。

在空中劃出一道弧線，落到隔壁建築物的頂樓。距離真是驚險。

「抓住她！給我抓活的！」
背後傳來盧西亞諾的怒吼。
我對他們揮揮手，緊接著又跳到下一棟建築物。
話說，接下來要怎麼辦？裝成無辜老百姓投靠警方嗎？
不行。盧西亞諾和當地警方也有勾結。
就在我思考的時候，從背後又傳來槍聲，把我身邊的一個盆栽打碎了。
唉～真不曉得是誰在頂樓花園細心呵護栽培出來的花朵呢。就算是威嚇射擊技術也太爛了吧？
黑手黨中年輕一輩的傢伙們沿著建築物頂樓追在我後面。繼續在沒有遮蔽物的地方逃跑看來不是聰明的選擇。
我從一旁的逃生梯稍微往下跑之後，朝隔壁建築物的窗戶跳過去。
撞破玻璃滾進來的空間看來不是個人房間，而是像宴會用的大廳。
這裡似乎是一家老字號的高級酒店。
多虧鋪滿整片地板的大紅色地毯，讓我沒受到半點傷。
大廳中約有二十人左右，各自手中端著酒杯或輕食。大家的目光都集中在我身上，現場寂靜無聲。
畢竟正當眾人愉快談笑的時候，忽然有個身穿新娘禮服的女性破窗而入，無論

是誰都會如此吧。

我立刻站起身子，冷靜拍掉衣服上的灰塵。

「不好意思，打擾到各位了。我這就離開。」

我朝著大廳出入口邁步走去。

要是拖拖拉拉，那群傢伙很快就會追上來的。

不過——在那之前。

我站到一名婦人面前，看著對方的眼睛表示：

「我想要妳身上這套衣服跟鞋子，另外還想要一輛車呢。」

靜止一瞬間後，現場哄然大笑。

「妳不說順便把錢包也給妳嗎？」

總覺得好麻煩，乾脆揍倒她算了。

正當我如此思考並準備付諸行動的時候，突然傳來了這樣的聲音：

「居然會在這種地方碰面，真是巧合呢。妳難道是從教堂逃出來的嗎？新娘子小姐？」

說話的人物坐在大廳中央一張軟綿綿的椅子上，噙著微笑用叉子刺起看起來很高級的蛋糕。

「人家難得把整間酒店包下來，享受一場**簡單的茶會**，結果妳竟然滿身灰塵地跑來。妳這女人還是老樣子，真教人難以喜歡。」

「怎麼會這樣（Fuck my life）！居然好死不死讓我在這裡碰上妳。偏偏是妳——大富豪怪盜（Celebrity）。」

「看來妳很享受威尼斯的生活呢，女帝（Empress）。」

坐在那裡的是這個世界上最令人不爽的女人——夏露蒂娜·茵菲利塞斯。

「我的確非常享受啦，直到碰見妳為止。原來妳竟然在這種地方聚集一群不三不四的朋友們，悠哉享受著揮霍無度的玩樂嗎？還真是頭殼中沒裝腦袋只塞滿零錢的女人會做的事情。」

既然讓我看到這張臉，我就不能直接掉頭走人。即便正在被幾十名黑手黨追殺也一樣。

「連鞋子都買不起的人，嘴裡講出來的話也同樣寒酸呢。」

夏露蒂娜身邊站著兩名女性。

「大小姐，請問要來杯紅茶嗎？」

「謝謝妳，卡爾密娜。」

這位佩戴短刀髮飾、看起來很冷酷的女性，名叫卡爾密娜，是夏露蒂娜的得力右手。擅長使用槍械火器，莫名突出的胸部與臀部讓人看了很不順眼。不過還是我比較大。

「大小姐，Kill（斃）掉她吧。雖然搞不太清楚，反正現在就Kill（斃）掉她吧。」

外觀像鯊魚般凶暴的這個女人，名叫阿爾特拉。身為夏露蒂娜的得力左手，而且實際上真的是個凶暴的傢伙。相對於卡爾密娜，阿爾特拉有著身高近一百八十公分的苗條肉體，擅長發揮那樣身體特質的近身戰鬥——講白了就是單純的暴力。

「等等，阿爾特拉，要殺不殺都要看夏露大小姐的心意決定，不是由妳來提案。」

「啊啊？卡爾密娜妳幹什麼？我在跟大小姐講話，妳這乳袋憑什麼插嘴！有夠教人不爽～我詛咒妳～」

這對得力左右手忽然就吵起架來了。

「妳們兩個不要鬧。在喝茶的時間不管叫罵還是血味都很沒品味呀。」

夏露蒂娜看起來已經非常習慣這種事，從容不迫地啜飲紅茶後，舔了一下嘴唇。

「我說，女帝（Empress）。咱們彼此都剛從圍牆中的無聊世界出來沒多久，妳也稍微讓心情有點餘裕，好好享受人生嘛。」

圍牆中——她指的是我們兩人之前分別被收監的監獄。

「用不著妳說，我當然很享受啦。像現在也是——」

就在我這麼說的同時，夏露蒂娜手上的茶杯忽然如爆炸般碎開。

槍聲。看來是從窗外射進來的子彈。

我立刻掀起一旁的桌子，躲到後面。

「竟然已經追上來了。」

呃不，其實我只要別理會夏露，快快閃人就好地說。

我確認一下窗外，在隔壁建築物的頂樓上看見那群黑手黨的身影。

盧西亞諾不是交代過不准開槍的嗎？原來你手下連老大講的一句話都無法遵守呀。

那群傢伙看起來隨時都要攻進這棟房子。

就在如此極度緊迫的狀況中，忽然響起發瘋似的聲音。

「大、大小姐！」

是卡爾密娜發出來的。

她臉色發青地擔心著夏露蒂娜，於是我也忍不住跟著看過去，當場噴笑出來。

破碎的茶杯中飛濺出來的紅茶，把夏露蒂娜的臉潑得全溼了。

「卡爾密娜、阿爾特拉……」

夏露蒂娜露出不愧是徒刑一千四百六十六年的凶惡表情對部下發出命令：

「交戰（Engage）！」

「謹遵指示。」

「呀哈哈！來啦來啦！」

大廳中響起一聲號令的瞬間，卡爾密娜與阿爾特拉——不只那兩人，在場的所有人都掏出槍械進入迎戰狀態。

這麼說來，剛才第一顆子彈射進大廳的時候，好像沒有一個人被嚇得發出尖叫。

「居然把如此沒品的彈珠子丟進夏露的茶會中，去給對方好好回個禮！」

在場所有人都訓練有素。

全員一起掃射反擊。

華麗的酒店大廳轉眼間化為火藥味瀰漫的戰場。

一瞬間窗戶玻璃就全數破碎，蕾絲窗簾也被打成蜂窩。

茶會結束，取而代之的是兩棟房子之間隔著一條道路上演的槍戰。

「真傻眼。原來他們全都是妳的私人軍隊呀。」

我是有聽說夏露除了直屬護衛的卡爾密娜與阿爾特拉以外，還養（買）了一批少數菁英組成的軍隊，不過這還是我第一次親眼見到。

印象中這支部隊的名字叫 Easy Money，好像通稱「ＥＭ」的樣子。

「哼，女帝（Empress），看來在**教育**妳之前，我還得先把這群從西西里島游過來的失禮老鼠們驅逐掉才行。這下茶會也泡湯，簡直糟透了！」

子彈在頭上飛來飛去，破碎濺出的香檳如淋浴般灑落。

今天真是辛苦的一天。

不過，只要讓我看到夏露蒂娜那張不開心的臉，興致都湧上來了。

「好欸～盡量幹吧！最好給我打個兩敗俱傷啦，這群傻瓜蛋們！啊嘻嘻！」

第三章　請絕對不要放開手喔

據說遺體從摩天輪座艙搬出來後，為了暫時安置而被搬送到了附近一間員工休息處的地下一樓。

請人帶我們進去後，便看到了排列在塑膠墊上的遺體。

為數總共十六名。

當然上面都有用毛毯或薄布蓋住，不過一次看到如此大量的死者在眼前還是不禁讓人感到震撼。

猶如惡夢般的光景。簡直是在帶給人們美夢的遊樂園中，突然被設置的地下墓穴。

即便在如此駭人的狀況中，莉莉忒雅依然勇敢地走到遺體旁邊，跪下去祈禱。

於是我也跟著照做。

將戴有手套的雙手合十之後，掀開薄布檢視第一具遺體。

死者身穿休閒衫配連帽外套。在背部中央微微偏左的部分深插著一把短刀。

「是被人騎在背上刺死的嗎？」

我嘗試想像慘案當時的狀況。在狹小的座艙中肯定想逃也沒地方逃跑吧。

探頭看了一下臉部，被害者是還很年輕的男生。我保險起見確認他頸部的脈搏但早已停止，瞳孔也擴大了。

遺體旁邊放有應該是被害人的物品，是個有黃線裝飾的黑色背包。

「……咦？這個人……」

看到那背包的瞬間，我腦中的記憶受到刺激。

「朔也大人，請問有什麼讓你在意的事情嗎？」

「要說在意嘛，我現在看到這背包的設計才回想起來……我有看過這個人啊。在我們過來水島園時搭的電車上。」

就是那個靠在車門上打瞌睡的人。由於當時車上乘客很少，讓這件事還可以留在我記憶的角落。

沒想到會以這種方式和當時的他再相遇。

「雖然說，這也不能代表什麼啦。」我如此結束這個話題後，把手伸向背包。

裡面裝有錢包、定期車票包、摺疊傘、黑色帽子。還有一條深藍色的運動毛巾，雖然由於顏色的關係讓我一時之間沒看出來，但上面吸收了相當大量的血液。

「難道是被刺之後，情急之下想要用毛巾抑制出血嗎？」

另外也找出了學生證。

「磯川商業高中情報處理科二年級，真柴卓。跟我同年啊……」

不經意有種痛心的感情湧了上來，但我還是壓抑情緒，整理思考。

「說到磯川商，是距離這地方頗遠的高中。他專程跑到這麼遠的水島園來嗎？而且還自己一個人？」

嗶嗶——

就在這時，忽然響起跟現場狀況格格不入的電子聲響。我一時還疑惑是什麼東西，原來是真柴卓戴在手上的手錶在叫。看來是在告知時間來到下午七點整。

或許此刻網路上已經在流傳關於事件的謠言吧。水島園才重新開幕沒多久，這下沒問題嗎？

「……嗯？」

就在這時，我感覺好像在他手錶下面看到了什麼。

那是——

「朔也大人。」

我的側腹部忽然被戳了一下，害我的注意力完全被帶走了。

「幹、幹什麼啦，莉莉忒雅！」

「從背包的側邊口袋裡找到了這樣的東西。請問這是什麼呢？」

她拿出來的是一個掌上型遊戲機用的遊戲卡匣。

「哦哦，真是教人懷念的玩意。我小學時也迷過那個遊戲機啊。」

或者應該說，我現在也會偶爾感到懷念而從櫃子裡翻出來玩一下。或許這個人也一樣吧。

「真柴同學，原來你也是個遊戲玩家啊。不過……嗯？本體沒放在背包裡嗎？我說遊戲機。」

「沒有，只有找到這個。」

「哦……」

雖然有些讓人難以理解的部分，不過該看的地方都看過了。於是我們把東西都放回原處，為遺體重新蓋上薄布。最後再次合掌祈禱。

下一具遺體是個中年男性，嘴邊髒得非常嚴重。另外畢竟已經身亡，要說當然也是理所當然地，臉色相當難看。

「他們戴著一樣的戒指呢。」

先調查旁邊另一具遺體的莉莉忒雅如此表示。躺在那邊的是一名同樣約四十多歲的女性。

「原來如此，這兩位是一對夫妻啊。」

「從遺體狀況看來，這對夫妻應該是由於中毒而身亡的。」

不過要辨識毒藥種類再怎麼說也太難了。這點只能乖乖交給警方去鑑定。

「看起來沒有明顯的外傷。也就是說果然是服毒嗎？」

如果是下毒，凶手便沒有必要特地入侵到摩天輪座艙內，只要事先讓對象把毒藥吞下去就行。

「然後那個毒藥剛好在坐摩天輪的時候發揮毒性，導致身亡？」

「除了服毒之外似乎還有其他可能性。請看看這個。」

莉莉忒雅說著，將夫妻的袖子捲起來給我看，結果雙方的手肘內側都有看起來很新的注射痕跡。

「這也就是說……凶手是將毒藥注入血管？呃不，那會不會太難啦？畢竟被害人當然會做出抵抗才對。」

「只要利用安眠藥或酒精類讓被害人睡著就有可能辦到。假如在坐進寶箱輪之前能做好充分的犯案準備。」

「原來如此。還有這種可能性——」

「不過與其要如此麻煩地注射，不如直接讓被害人吞下毒藥而不是安眠藥。因此這個推理並沒有太大的意義呢。」

「……妳拆臺會不會太快了？」

「請問你在說什麼？」

「喂，你們還在那裡胡鬧什麼？這邊也過來看一看。」

費多的聲音打斷我們的對話。他是從跟我們完全相反的另一邊開始輪流勘驗遺體。

我們走過去一看，費多便用鼻頭指向一名被害人的頸部。

在那喉嚨部分留下一道看起來就很痛的刺傷傷痕。被染成一片赤黑的衣服顯示當時出血有多麼駭人。

「朝喉嚨一刀刺死啊。從傷口大小看起來大概是短刀……不，菜刀嗎？那邊的高中生是一把折疊短刀刺在背上，而這邊的現場沒有留下凶器嗎？」

「不要搞錯。沒有人把你叫來是為了聽你發表那種高論。我要你看的是脖子沒錯，但該注意的是那旁邊。」

「旁邊？」

我一時之間還無法領會費多的意思而感到困惑，不過我的眼睛接著逐漸聚焦到留在遺體上的另一個痕跡。

「在頸部……有瘀青。」

「沒錯，雖然已經幾乎快消退，但可以看出來有被某種繩索狀的東西勒過頸部的痕跡。」

「『這個人是被勒死的？』」

我和貝爾卡異口同聲地說出完全一樣的感想，結果被費多一副「你們兩個都傻子啊？」似地吠了一聲。

「我不是說過那瘀青已經幾乎消退了嗎？那不是今天才留下的痕跡，少說也有經過幾天的時間。再說，這並不是被什麼人勒過會留下的痕跡啊。」

上吊自殺與被人勒死在被害人頸部會留下的繩索勒痕不一樣。費多就是在提醒這點。

「換言之，這是上吊自殺……未遂嗎？」

「除非被害人有什麼非比尋常的深夜嗜好，否則應該就是那樣吧……等等，老師！你又在講那種沒品的話褻瀆死者！」

前半是費多，後半是貝爾卡的發言。我也差不多開始習慣她這種宛如一人分飾兩角的語調切換了。

「可是老師，既然這樣，這道頸部的繩索勒痕不就跟死因沒有關係了嗎？那你為什麼要這麼在意？不好意思喔，朔也。老師有時候就是像這樣會做些拐彎抹角的事情，在真相的周圍繞來繞去。雖然這或許也是偵探的一種習性……好痛！老師，不要用前腳抓人家的大腿呀！」

英國偵探與助手就這麼忽然吵鬧起來。在旁人眼中看起來只像飼主跟狗在嬉鬧一樣。

「死因如何現在不是重點。過來，也看看這邊的遺體。」

費多帶我們來到旁邊的另一具遺體前，蓋在上面的薄布已經被掀開。

「這是我首先調查的遺體。如何？是不是有什麼令人在意的地方？」

被牠這麼一說，我試著把臉靠近。

遺體沒有外傷。這個人大概也是因為中毒而死的。

「令人在意的地方……令人在意的地方……啊！」

我忍不住把手伸向自己發現的部分，抓起被害人的左手，讓大家可以看到手腕內側。

在那裡有許多細小的割傷痕跡。有的是舊傷，有的則是在舊傷上面添加的新傷。

這應該不是跟凶手爭執時留下的傷。也就是說——

「割腕行為的猶豫傷嗎？」

「沒錯，然後剛才那個被害人是上吊自殺未遂對吧？」

霎時，現場有如時間停止般陷入寂靜。從遠方傳來警車的鳴響聲。

「那也就是說……啊！」

我趕緊衝向剛才第一個勘驗的真柴卓的遺體。他的左手腕戴有一支手錶。我跪到地板上，帶著焦急的心情把手錶挪開。

底下露出來的，是跟其他被害人同樣的割腕痕跡。

「真柴卓……他也是自殺志願者……嗎？」

我再度把手伸向真柴卓留下的背包，從側邊口袋掏出遊戲卡匣。

仔細想想，明明背包裡沒有發現遊戲機本體，卻只有遊戲卡匣放在背包中——這也是一個線索啊。

他平常去學校上學之類的時候，肯定都會連同遊戲把遊戲機本體也裝進背包中。但今天他卻把遊戲機留在家裡了。

因為來到這裡的路上，**他實在沒有心情玩什麼遊戲**。然後，**他也知道自己不會在回家路上玩遊戲了**。

因為他已經決定今天要斷送自己的性命。

可是唯有平常都放在背包側邊口袋、沒有拿出來的小卡匣被留了下來。

「唉，這下看來有必要在**那種前提**之下也調查看看其他遺體啦。」

於是我們重新分頭對在場所有遺體做勘驗。在費多所謂的「那種前提」下。

勘驗的結果，全部十六名被害者中有八名身上發現了自殺的猶豫傷痕跡。

「意思說有半數的人心中抱有自殺願望嗎……？」

這項突然浮現檯面的被害者共通點，並沒有讓我感受到身為偵探的喜悅，反而有種不寒而慄的感覺。

「我不認為這會是偶然啊。」

「不，朔也大人，並不是半數。」

莉莉忒雅如此否定我的發言。她站在我們第二個調查的那對夫妻前面。

「這對夫妻手臂上留下的注射痕跡，搞不好是利用藥物時留下的。」

「藥物……」

確實，這樣思考起來遠比被凶手強迫注射更講得通。

「雖然或許是從前有過什麼非常想遺忘的痛苦現實，不過這對夫妻會不會也可能是現在正面臨什麼讓人生感到絕望的苦境呢？」

「這下浮現出的地圖可真是低級趣味啊。全部十個人嗎？但也許只是這十個人剛好身上有留下像是割腕之類顯而易見的痕跡而已，搞不好其他犧牲者們內心也都抱有慢性的自殺衝動喔。」

費多用宛如露出利齒般的犀利表情看著我。

「對了，原來是這麼回事……」

我接受那視線的挑戰般站了起來。

「這次的事件現場是無論怎麼想凶手都很難進出的摩天輪座艙中，而且不是只有一兩個，而是多達十五個呈現密室狀態的座艙。不可能會有凶手能夠在這樣的場所只花短短十分鐘就到處殺害十六個人。假如要讓這樣不可能的狀況得以成立——**除了被害人之間串通好做集體自殺以外別無他法**。」

「嗯，我想也是這樣了。那麼接下來令人在意的就是……」

「有必要去調查看看被害者們到醫院的就醫紀錄。或許可以從中看出什麼端倪。」

「那也是沒錯啦，不過小鬼，我在意的是另一件事情。」

費多對著虛空彷彿在聞什麼似地動起鼻子，就像在嘗試嗅出整起事件中飄散出來的某種氣味。

最後牠露出盯上獵物般的銳利表情，朝貝爾卡吠了一聲。

「我這下有點事情要辦，暫時先離開了。走吧，貝爾卡。那群慢郎中的警察們應該也到了，這裡就讓他們去調查。總要讓他們稍微幹點活吧——啊！老師等等我呀！」

費多如此表示後，便帶著助手匆匆離開了房間。

「不過，朔也大人……」

莉莉忒雅的眼神有些搖曳。

「假如是自殺，那位被害者——真柴卓先生的死因又該如何解釋呢？」

她就像是埋頭沉迷於眼前的謎團般繼續說道：

「他是被短刀刺到背部，是靠自己一個人怎麼也無法刺到的位置。就算有第三者協助，在宛如密室的座艙中也……」

不可能辦到吧。

這雖然是理所當然會產生的疑問，不過關於那個手法我已經有所頭緒。畢竟現在我腦中已經把在電車上看到的人物與真柴卓串在一起了。

「其實沒有必要等坐進寶箱輪之後才刺殺自己，也沒有必要讓其他人幫忙。真柴同學**在來到水島園車站的電車中早已做好自殺的準備**了。」

「請問那是什麼意思呢？」

莉莉忒雅疑惑地像個人偶般歪頭。因為她在那班電車上沒有看過真柴卓的身影，所以沒能想到跟我一樣的思考也不能怪她。

「他當時在電車上是把背部靠在車門上。現在回想起來實在很奇怪。明明車上空蕩蕩的，到處都有位子可以坐，他卻在行駛中的車廂中刻意站在車門邊。不過他那麼做也是有理由的——**不那麼做就不行的理由**。」

在死者們沉眠的房間中，我的聲音緩緩滲進牆壁與天花板。

「莉莉忒雅有沒有看過這樣的場面？當電車門要關的時候才有人匆匆忙忙上車，結果包包的繩子或外套的下襬被車門夾住，電車就這樣出發了。那個啊，聽說車門關閉時的壓力很強，只要被夾住之後就很難拔出來的樣子。」

「難道說，朔也大人……」

看來莉莉忒雅也想到了。

「真柴卓就是利用了那個電車車門。在車門要關閉的時候故意讓藏在背包裡的短刀被夾在門上，而且讓刀尖對著自己的方向。如此一來短刀就會被車門固定住。接下來只要假裝背著背包，把全身體重壓到從車門凸出來的刀尖，刀尖就會穿破背包刺在自己的背上了。」

當時在我眼中看起來，他就像站著在打瞌睡一樣。然而實際上並不是那樣。他不是在打盹，而是感到很痛苦，痛到受不了而變得搖搖晃晃。

那時候刀子已經刺在他的背上，也開始出血。而他就是用自己帶來的毛巾擦著血，拚命忍耐疼痛。

「既然他能夠保持清醒到傍晚事件發生的時刻，代表他有事先調查過不至於造成致命傷的位置與傷口深度並藉此偽裝了吧。」

「然後他利用背包隱藏刺在自己背上的短刀，在那樣的狀態下坐進寶箱輪——」

「對，等坐進摩天輪座艙鬆一口氣後，他只把背包放下來。接著讓刺在背上的短刀用力抵在座艙內的椅子或牆壁上。」

「就這樣，讓短刀刺到足以致命的深度了，是嗎？」

我們有如投接球般互相接續對話。

「妳看。」我再次拿起背包給莉莉忒雅看。

「只要在這前提下仔細觀察，就能發現背包與背部緊貼的部分有個小小的切口，被切開了一個洞。」

那就是短刀通過的痕跡。

「但是……為什麼他要不惜做到這樣，讓自殺行為被人看起來像他殺呢？」

「關於這點還不清楚……不過我猜偽裝成他殺的人應該不只是真柴同學喔。」

看起來像被人毒殺的犧牲者，只要預先在別的場所自己服毒之後再坐進寶箱輪就可以。除此之外，還有很多留下刀傷的犧牲者。

明明有留下外傷，現場卻連一把凶器都沒找到。這是為什麼？

「……因為他們自己把凶器隱藏起來了？」

「他們就是藉此試圖讓人以為不是自殺，而是一樁恐怖的殘殺事件。」

這絕不是什麼恐怖的殺人魔從摩天輪座艙的密室中跟著凶器一起消失蹤影。

「真柴卓偽裝了自殺的方法，其他人則是隱藏了凶器。雖然手法的複雜程度有多多少少的差異，不過大家各自都把自殺偽裝成他殺的行為上是一致的。」

有人讓刺在背上的短刀就這樣留在背上，也有人透過服毒自殺，因此判斷死法與偽裝方法是每個人自己思考的比較自然。

「這齣慘劇中如果有所謂的凶手，那就是自殺的這些人本身——的意思嗎？」

「感覺很諷刺對吧。然後關於那些消失的凶器……搞不好——」

「啊！」

就在我說到一半的時候，莉莉忒雅忽然發出小孩子般的聲音，臉頰也微微泛紅。那是當推理的點與點之間相連起來的瞬間會有的興奮表情。

「我知道了。就在座艙窗戶的下面，對不對？」

「嗯，我也在想應該是那樣。」

「果然！」

莉莉忒雅在胸前「啪！」地拍響雙手。

遲了三秒鐘後，回過神的她一臉尷尬地把手放下去，還責問我是不是有看到似地半瞇眼睛朝我瞪過來。別瞪我啊。

「寶箱輪有一部分突出到緊鄰園區的河川上空。這些自殺的人想必就是從那裡把凶器丟棄到河中了。不過……有一點令人在意的是，受到致命程度的傷害之後真的還會有餘力把凶器丟進河裡嗎？」

死亡之後就不可能做什麼偽裝工作了。

「包括這項疑點在內，總之現在先去確認看看吧。」

莉莉忒雅裝著一臉冷靜的表情，快步走向休息處的出入口。

樣子。

即便只有短短一瞬間，但她對於自己沉浸到解謎的快感之中似乎覺得很羞恥的樣子。

□

好啦，要說到我和莉莉忒雅為了確認而前往的地方是哪裡，那就是緊鄰於水島園旁邊的那條河川。

我們暫時離開園區，沿著外圍繞到摩天輪正下方左右的位置。

「應該就是這附近吧？」

我和莉莉忒雅大致推定出位置後，翻越設置在人行道邊的欄杆，接近到河邊。

我小心翼翼地把身體探出去的同時，莉莉忒雅從旁邊「啪！」地點亮一盞手電筒。那是我們出園時向工作人員借來的東西。

「莉莉忒雅，看起來有留下什麼東西嗎？」

「不清楚。畢竟有一段時間了，也有可能已經沉到河底。要不然就是被水沖到下游……啊，不過好像……剛剛有反射了一下光線。」

我朝她說的方向看過去，在河岸附近一群從水面稍稍露臉的水草裡面，的確好像勾到了什麼東西。

於是我緊握莉莉忒雅的左手，拉住把身體伸向河面的她。

「拜託你喔，朔也大人。請你絕對不要放開手喔。」

「那當然。妳在跟誰講啦？」

莉莉忒雅為了把勾到水草的那個東西撈起來，拚命伸長右手。

「朔也大人……再前面一點。對，再一點……不……不是那邊……朔也大人……喂，朔也，你認真點呀。」

我被莉莉忒雅一邊訓斥，一邊執行這項共同作業。

「撈到了！朔也大人，這是……啊！」

嗯，也許該說是不出所料，我們兩人就在這時掉下去了。掉到河中。

河水深度大約到我的胸口附近，看來沒有必要擔心會溺水。

我們連爬上岸都等不及，直接當場調查起撈到的東西。

發現的是一把隨處可見的普通菜刀。

或許已經被河水沖洗掉的關係，在刀刃上沒看到附著血跡，不過木頭製的握把上隱約可以看到血漿。可能是自殺者緊握過而留下的痕跡。

只要交給鑑識小組仔細調查一下，應該就能驗出血跡反應跟指紋吧。

「原來如此，我才想說是什麼樣的詭計，是這樣啊。」

在刀柄與刀刃的連接處綁了一條塑膠繩，然後繩子的另一端有顆拳頭大小的石頭。

從這個位子抬頭往上看，可以看到幾個摩天輪座艙突出到我們的正上方。

「嗯，位置也剛剛好。」

繩子與石頭——這就是犧牲者死後能夠隱藏凶器的手法。

「那些自殺的人是在那個地點把凶器從窗戶丟到河裡的。」

「從窗戶的縫隙把綁在繩子上的重物部分垂到座艙外面對不對？」

「對，然後再用菜刀例如往喉嚨一刺，自殺者在臨死之際放開凶器後，垂掛的重物自然就會往下掉落。當然，綁在繩子另一端的菜刀也就跟著一起掉入河中。如此一來凶器就從座艙中消失，只剩下已經斷氣的自殺者了。」

只要能搞懂，這手法其實相當單純。沒什麼新穎或革新之處，甚至可以說非常古典。

雖然這麼做也有可能被其他園內的遊客目擊到凶器掉落的瞬間，不過事件發生當時已經是日落之後，大概也不需要太擔心吧。

只要派更多人來河川搜索，或許還能發現其他凶器。

我們爬上河岸，歇一口氣。

「嗚～身體都涼了……不過這下弄清楚啦。這起事件是一樁集體偽裝自殺。這點已經不需要懷疑了。」

莉莉忒雅脫下溼掉的鞋子與襪子，勤奮擰乾裙襬。

看著往下滴落的水珠，莉莉忒雅不經意說道：

「但若是這樣，就更加難以理解他們要做到這種地步的動機了。」

□

我們再度進入園區回到寶箱輪的地方，便看到那裡已經聚集大批警力。而在警方中心的人物，就是偵探費多與助手貝爾卡。

「嘿，落湯雞。看你帶來的伴手禮，成果似乎不錯啊。」

費多見到我和莉莉忒雅，開玩笑地如此說道。

哈啾──我身旁發出聲音。

「不小心打噴嚏了。」莉莉忒雅害臊地小聲咕噥。

就在這時，一名警察走過來。

「現在這裡封鎖中。小孩子快回家去。」

他是個忠於職務的人，並沒有任何錯。

不過費多幫我對那位警察說了一句「這傢伙沒關係」。或許牠已經將身分告訴警方，又或者根本用不著介紹，偵探費多的實力與功績在警方內部早已人人皆知，結果牠這句話就讓在場的警察們全都接受了。

真可謂一錘定音，或者說一吠定局。

這形容感覺不錯呢——正當我如此自滿的時候，從背後忽然傳來不太高興的聲音：

「喂喂喂，為什麼你又出現啦？」

我回頭一瞧，站在那兒的不就是咱們的不得志刑警——漫呂木薰太嗎？

看來他今天不是休假的樣子。

「漫呂木先生也來啦？真是巧遇呢。你今天是一個人來遊樂園玩？」

不過我還是姑且跟他裝傻了一下。

「我來工作的啦！看就知道了吧！」

「話雖如此，但你登場得可有點晚啊。」

「閉嘴，我聽說園內發生了大事件才跑來一看，結果……受不了，為什麼每次在大事件的現場都會碰上你啦？」

「話說這次的偵探可不是只有我一個喔。」

我如此表示，並且向漫呂木介紹站在我旁邊的費多。

「我知道啦。費多先生，剛才我忽然接到您電話的時候嚇了一大跳啊。請問您何時到日本的？」

「啊，果然你也認識費多？等等，嗯？費多，是你打電話給漫呂木先生的？」

「什麼認不認識，人家可是斷也的盟友啊。久未問候了，您一點都沒變呢。」

漫呂木態度莫名客氣地走向費多。我還是第一次見到他這個樣子，跟對待我的態度簡直是天壤之別。

「您體毛還是依舊如此年輕。可見梳毛的功夫了得啊，嗯。」

「關於這點必須在此宣告，那要算是我的功績。」

貝爾卡得意地挺起胸膛。

「貝爾卡也看起來很有精神呢。妳是不是還是老樣子，愛說些莫名其妙的推理害費多先生傷腦筋啊？」

「薰太，不要講那種會導致別人誤解的話呀！像上次的事件中，我的推理表現可算相當不錯的喔！只不過最終凶手是完全不同人而已。」

「是喔是喔。」

「你不相信對不對？要不然這次的事件也由我來……貝爾卡，妳稍微安靜點。好啦，既然演員都到齊了，就差不多開始收場吧。」

貝爾卡繼續抗議辯解的嘴巴被費多毫不留情地**綁架**後，對在場所有人開始講了起來：

「雖然對於好不容易趕到現場的各位日本警察們很不好意思，不過這次事件的全貌已經大致都被我們掌握清楚了。剩下頂多就是要逮捕凶手而已，而這是屬於你們警方的工作。所以說，現在首先來共享一下情報吧。」

讓所有人的注意力都集中到自己身上後，費多簡潔說明起事件的內容：

「事件的傷亡者共十七名。雖然最初還很疑惑究竟是什麼人如此瘋狂，竟能夠把轉動中的摩天輪上所有乘客一一殺害。不過隨著調查的過程中發現，這並非一樁殺人事件，而應該是一場集體自殺。」

警察們些微騷動起來。費多不以為意地繼續講解之所以會認為是自殺的根據：

「大家或許認為自殺這種事應該一眼就能看出來吧？然而這群自殺者們卻一個個都設法偽裝，想要讓人以為是他殺事件。對不對？」

拜託你別突然把話丟給我好嗎？我雖然投以抗議的視線，但費多已經一副懶得理我似地用腳搔起自己的耳朵。

「咳……沒錯。當中也有現場沒留下凶器，明顯看起來像是他殺的遺體，因此大家起初都感到很混亂。不過就在剛才，我們從旁邊那條河川中找到了這個東西。」

我把我們發現的那把菜刀拿給漫呂木看。這也就是費多剛剛說的『伴手禮』了。

「這是推測其中一名自殺者可能使用過的菜刀，上面應該也有指紋。而藉由繩子一起綁住的石頭就是用來偽裝的道具。」

我把菜刀遞給一旁的警察後，接著對隱藏凶器的手法也補充說明了一下。

關於這部分，費多也「嗯，應該就是那樣吧。」地表示同意。

「搞啥啊……也就是說什麼？這起事件中根本沒有凶手？」

漫呂木看起來莫名有點掃興。

「誰曉得呢？話說薰太，我們剛才拜託你的事情有調查了嗎？」

「當然，雖然我當時聽得一頭霧水，不過還是吩咐部下們調查了。」

「請問你們在講什麼？」

「拜託，小鬼，你跟那位助手姑娘跑去開心玩水的時候，這邊可是努力在工作啊。雖然要講勤奮程度的話，或許多少比不上日本人就是了。」

就在費多大肆抱怨的這段時間，漫呂木掏出筆記本翻開來。

「我看看喔，被害者……不對，應該說自殺者們嗎？他們幾乎都有攜帶能夠查明身分的東西，所以很快就查出來了。而我們遵照費多先生的指示，透過這些身分資料進一步調查了各自的銀行戶頭。然後發現在已經有收到幾件報告，發現目前調查完成的所有戶頭都有上百萬元的金額匯入。」

「咦咦！什麼意思？把錢匯給死人嗎？太奇怪了！」

不只是貝爾卡，我同樣對這項情報難掩驚訝。

「好鉅額的……一筆錢啊。」

簡直是跟我一輩子無緣的金額。

「沒錯，匯款日期全部都在這半個月內。之後應該還會收到其他報告，但我想恐怕不會有例外吧。」

發生一場集體自殺，而背後有個人物匯錢給這些自殺者。

我對這項事實所代表的意義深入思考。

「意思說有某個人物在背後慫恿這些人行動，透過金錢操控嗎？」

「就是這樣。這是某個人物描繪出的一幅畫。而那個人物在思考要如何同時控制好幾名自殺者的行動時，想到最便利的方法就是利用金錢吧。也的確，這種手法有時候甚至比神明說訓還要**有效**。」

也就是說費多早已在猜想凶手的思考，而且真的被牠說中了。

「至於匯款人的名義是……」

「肯定是假名吧。」

費多打斷漫呂木這項不用講也知道的情報。

「是的，似乎叫──『次郎吉』的樣子。」

那是江戶時代的盜賊──鼠小僧的本名。以劫富濟貧聞名。

「我記得書中有寫到，那個人物其實有別的正業，盜賊只是像副業一樣的東西。」

莉莉忒雅藉機炫耀了一下自己的知識。

「我不曉得那人物是想自詡為義賊還是怎樣，但出手可真闊氣。不，太闊氣了。」

費多說得沒錯。光一個人的金額就很多了，還匯給十幾個人，簡直難以想像。

「而且做到這種程度的目的竟然是叫人到摩天輪集體自殺，我完全不能理解呀。這下不是害得這座摩天輪徹底變成了一個自殺景點嗎？」

貝爾卡表現得義憤填膺。

「我們接下來也會對這個匯款戶頭做調查。」

「我可不認為那隻老鼠會在這種事情上被人抓到尾巴。」

「老鼠……嗎？竟然會計畫出這種事情，真不曉得到底是什麼怪人。搞不好現在還躲在什麼地方竊笑啊。」

「那個……」

貝爾卡對著開口謾罵的漫呂木舉起手。

「關於那位罪魁禍首，我想事件發生當時會不會也一起坐在摩天輪上呀？」

「……意思說那個人當時也在現場？」

「嗯，站在凶手的角度想想看，絕對會很擔心一大群彼此毫無關聯的人物究竟會不會真的都按照計畫在摩天輪座艙中自殺。所以我猜那個人肯定會在什麼地方監視現場才對。既然如此，那個特別座會不會就是同一座摩天輪上？」

原來如此。聽起來確實很有可能。

「這麼說來，我有聽一位工作人員講過，在事件發生後的混亂中，從摩天輪搬出來的犧牲者人數好像少了一個人。」

基於貝爾卡的發言，我也如此提供一項情報。

「我在猜想——那個人物會不會就是凶手，偽裝成被害人然後再溜出現場的。」

然而我這個想法立刻就遭到費多否定：

「沒這回事。」

「為什麼？」

「我剛剛講過。犧牲者共有十七名。」

「十七……」

這麼說來，牠剛剛好像講過。只是我之前聽說是十六名，也親自確認過，所以還以為是費多一時講錯而已。原來不是那樣。

「後來又增加了一個人。就在剛才。對吧？」

費多對漫呂木瞧了一眼，於是漫呂木點頭回應。

「我過來現場的途中，在入園處旁邊的樹叢附近看到有人聚集。本來想說怎麼回事而上前一看，原來是一名男性倒在那裡。遺憾的是當時他的心跳呼吸已經停止。詳細死因接下來才要交給鑑識人員，不過我個人推斷應該是毒物。」

「已經、身亡了嗎……」

「沒錯，也就是說那位男性也是自殺者之一。剛才有請負責摩天輪這邊的工作人員去確認過被害人的長相，似乎表示有見過這位遊客的服裝與容貌。」

「那麼那個人是……」

「恐怕就跟其他人一樣企圖自殺，但當時沒能死透，結果在那間『停屍間』醒過來了。」

費多再度接棒說明起來。

「他那時候肯定嚇呆了吧。醒來一看發現自己周圍屍橫遍野，工作人員一片混亂，大為騷動。狀況簡直嚴重得難以收拾。就算因此慌慌張張從現場溜出去也沒什麼好奇怪的。」

男性當時情急之下沒有告知任何人，自己一個人從現場偷偷消失，試圖離開水島園，想要裝作一切都沒發生過。

「然而最終沒能逃出園區，在只差一步的地方斷了氣……」

「就這樣，阿門——死者人數又再添一名了。真是令人鬱悶是吧？」

費多說完後打了個呵欠，原地坐了下去。

「咦？老師？等等呀！啊～老師的專注力維持不下去了。拜託，不可以擺出那種態度啦。不是只差一點點了嗎？結束之後我會幫你刷毛的，請你再加把勁呀。咦？剩下交給我？齁！真是任性。」

費多與貝爾卡似乎爭執了一下，最後是助手被迫放棄。

「呃……如各位所見，老師牠失去了幹勁，因此從這邊開始由身為助手的我負責接棒！然後接下來是關於那些自殺者的就醫紀錄。」

「哦哦，這部分費多先生也有叫我們調查過。喏，結果如何？」

漫呂木如此朝一旁詢問，於是他的一名部下跑過來向他報告。

聽完報告後，漫呂木露出稱不上開朗也算不上有力的複雜表情說道：

「自殺者們似乎全部都曾經有過就醫紀錄。自殘行為、失眠症、憂鬱症、藥物攝取過量等等——」

「……果然如此。話說警方調查得可真快呢。」

「是啊，這點我也很驚訝。畢竟他們所有人都是在同一間醫院——而且是就在園區旁邊的那間醫院就診。」

「咦！」

聽到漫呂木的回答，貝爾卡發出驚訝的聲音。

「同一間醫院？全部都是嗎？」

在場所有人的視線都望向園區旁的那棟建築物。也就是在黑夜中透出燈光的遠枡綜合醫院。

只有對附近地理不熟悉的貝爾卡宛如落單似地愣著一張臉。

遠枡綜合醫院。原來如此——換言之，**是這麼一回事啊**。

「從這邊可以看到的那棟建築物就是你講的醫院嗎？哦～！竟然有什麼巧合的事情！」

貝爾卡率直地如此感嘆。

「不過也多虧附近有間醫院，讓受傷的人可以很快送去就醫。在這點上是好事呢。」

「是啊，真的，對凶手來講不知道該說是幸還是不幸啊。」

「咦？朔也，你這句話是什麼意思？」

「也就是說，凶手就在那間醫院。」

聽到我和貝爾卡的對話後，漫呂木稍遲一拍才大叫出來：

「凶手就是醫生嗎！」

被害人與凶手，全部都聚集在那間醫院啊。

□

我們在漫呂木隨行下再度抵達醫院的時候，我腦中對凶手身分已經有個底了。

雖然去櫃檯詢問對方的所在處也是可以，但萬一因此讓人逃掉也很麻煩。於是我們直接走進醫院內搜索。

在途中，我找上了一名從洗手間出來的白衣人物，揮揮手叫了一聲：

「醫生。」

「嗯？哦哦，你等我一下。我沒戴眼鏡就看不太清楚。」

他用手帕擦拭著愛用的黑框眼鏡如此笑道。此人正是幫我看過腳的薹宇治醫生。

「呃……是下一位患者嗎？」

「不，我已經診療過囉。」

薹宇治把擦好的眼鏡重新戴上後看向我。

霎時，他的臉色一口氣變得鐵青。

「嗚哇啊啊啊啊！為什麼！」

他的驚叫聲響徹走廊，讓眾人紛紛停下腳步轉過頭來。

「你……我記得……你應該死啦……哈、哈哈。都做過死亡確認了……哈哈哈，為什麼……」

蕪宇治的手帕都掉到了地上。

「今日在隔壁的水島園發生了一樁很嚴重的事件。關於那件事，我們有些話想要問問你。」

漫呂木亮出警察手冊，向對方表明來意。

於是我趕緊安撫態度凶悍的他：

「漫呂木先生冷靜點。不對啦，**不是這個人**。」

「……不是、他嗎？」

「不是，我只是想請蕪宇治醫生提供一下協助。我就診時一起在診療室的那位護理師，請問現在在哪裡呢？」

喀噹——

就在我詢問的同時，從背後忽然傳來聲音。

我回頭一看，發現有一名護理師睜大眼睛注視著我。用文件夾板夾住的問診單就掉落在腳邊。

「哦哦，太好了。**我正在找您呢**。」

我要找的人物——是八乙女護理師。

被我如此搭話後，八乙女護理師的臉頓時變得比藁宇治還要蒼白，發出比藁宇治還要誇張的驚叫聲。

漫呂木似乎從那模樣察覺了狀況，便邁步走向八乙女。

「我們是警察，關於水島園的事件想要請教一些事情。不好意思要打擾您工作了，請問您可以空出一點時間嗎？」

八乙女原本注視著我的視線轉向漫呂木，接著總算理解狀況似地搖搖頭。

「為、為什麼……是我……？不、不對，不是我！我什麼都不知道！我不知道！」

這種發言簡直和自白沒兩樣了。

沒錯。這個人就是凶手。

或許是認為刑警既然已經找到這裡來，代表警方應該掌握了相當程度的確證吧。於是八乙女當場放棄掙扎，沒有再多做辯解或試圖抵抗。

「請跟我們到警局一趟吧。」

然而就在漫呂木如此輕輕推著八乙女的背時，八乙女忽然一副終究忍不下去似地把頭轉向我。

「喂……為什麼……？為什麼你會活著！你！追月！你明明……你明明**確實被殺掉了才對啊！**」

為了壓制再度抓狂開始抵抗的**他**，就連漫呂木也費了一番力氣。

畢竟人家說護理師是一種需要體力的職業，據說力氣不可小覷。而且既然是**男護理師**就更不用說了。

□

好，先來發表這次事件的調查結果吧。

犯人是任職於遠枡綜合醫院的護理師——八乙女徹人，二十八歲。

他針對在該所醫院就醫而有自殺願望的患者們收集情報並加以篩選，透過不會被查出自己身分的方式與患者們聯絡。

然後他向患者們提議了在指定條件下的集體自殺。

以「次郎吉」的名義高額匯款給那些人的也是八乙女。

據他事後供稱，最初匯款的部分似乎是為了取得對方信任的預付金。

他並且有約定好，只要那些人按照指示斷送性命，就會把剩下的金額——我沒聽說有多少就是了——再匯進戶頭中。

「那些人們都喪失了活下去的動力，總是傷害自己的身體又來到醫院。每次我都會上前關心……但是區區一名護理師講的話根本沒有意義，什麼效果都沒有……

他們並不是單純欠債而感到生活艱苦那種程度，而是身為一個人最根本的動力問題。」

然而八乙女針對那些患者們個別調查，卻發現即便是那樣的人也有一項無法離開人世的留戀。

「對於決心尋死的人來說，一塊錢或一億元都同樣沒有任何價值。自己剩下的問題就是哪一天要離開人世——可是對於被他們遺留下來的人們就不同了。」

父母、祖父母、兄弟姊妹、親戚，或者情人——

希望自己走了之後還能**留下什麼東西**給身邊的人。八乙女所找上的，都是這樣心地善良的人物。

然後有件事情同樣是我們事後才得知——其中一名自殺者就真的把收到的那筆預付金拿來支付了重病母親的手術費用。

至於八乙女不惜做到這個程度也要策劃這場集體自殺的動機則是——

「我只是想要守護這個城鎮的景觀。」

據說他接受偵訊當時，注視著偵訊室小小的窗戶外面如此表示。

「我想要尋回患者們的……臨終之際所看到的風景。你說哪裡？就是這間醫院的病房中！從窗戶望到的人生最後一片風景啊！」

臨終的患者都是在病房的床上迎接最後一刻。而在那樣的時候，患者眼睛所見的景象要不就是病房的天花板，要不就是窗外的景象。

從遠枒綜合醫院西側的窗戶可以看到從前水島園著名的日輪摩天輪。摩天輪與當地街景所描繪出的美麗景象。據說有許許多多的患者是眺望著那樣的風景，安詳離世的。

「已經好幾十年都是這樣！從我出生之前就是這樣！可是現在日輪摩天輪被拆除……取而代之出現的偏偏是那樣俗氣花俏！毫無品味可言！下流的金閃閃摩天輪！完全糟蹋了景色！那是什麼鬼東西！寶箱輪？別開玩笑了！那種垃圾！」

聽說八乙女當時如此自白的時候，氣勢非常嚇人。

「我最初是在網路上散播恐怖謠言試圖找麻煩，說那座摩天輪被惡靈附身了。然而做那種事情根本沒有太大的意義，頂多被人笑一笑就沒了……所以說！」

所以他想到引發一樁看似他殺的重大事件，企圖藉此迫使寶箱輪必須即刻拆除。

恐怕一如他的目的，那座寶箱輪應該會被拆除吧。畢竟現在發生了如此前所未聞的大事件，園方實在也很難當作什麼都沒發生過，繼續讓摩天輪運作。

至於八乙女徹人想必少說也會被判教唆自殺罪，或者幫助自殺罪吧。

考慮到他所做過的事情，實在難以知道他的罪究竟有多重。

現役護理師所策劃的集體自殺事件。

不難想像新聞媒體會把這件事情報導得多煽動。

世人恐怕會咒罵八乙女是個『惡魔護理師』吧。

即便如此，若只論他的動機，其實是對於在病房臨終的患者們所表現的一片慈愛之心。

當然，並不是說只要心懷慈愛就做什麼都可以。他所犯下的罪過依然是難以原諒。

我不禁會想，他對臨終患者的那片慈愛之心，為何就沒有放在那些自殺者的身上呢？

不過唯獨關於他說寶箱輪糟蹋了景觀的主張，我也不得不深感同意就是了。

話說回來，當漫呂木把八乙女帶去警局之後，我和莉莉忒雅卻連沉浸於破案餘韻的閒暇都沒有，又立刻掉頭趕回了水島園。

「再不快點就要關園啦。」

「朔也，你們在那邊還有事情要做呀？」

我對如此詢問的貝爾卡用手指比了一個環狀的手勢。

「我還有一件找尋失物的委託啊。」

「……是喔。雖然搞不太清楚，但既然都到這裡了，我也來幫忙吧！」

「謝啦，貝爾卡。妳真是個好傢伙。」

「別客氣啦！彼此都是解決了同一樁事件的偵探夥伴！不，應該說是朋友呀！」

我們的關係什麼時候變得那麼好了？雖然我也不討厭就是了。

「話說，原來你在事件發生之前已經被殺掉囉？你真的是不死之身呢。」

「這跟不死之身有點不一樣啦。」

「我是有聽老師說過，但居然被殺掉還能復活，我以前還半信半疑呀。」

「……我自己到現在也還是半信半疑啊。」

「喏，死後的世界是什麼樣子？」

「那邊正在流行披頭四。」

對於我這種隨口說說的回答，也只有貝爾卡願意賞臉笑一下。

「不過你究竟如何知道那個男人就是凶手的？醫院的護理師居然是摩天輪事件的真凶——光是這點就讓我很驚訝了，沒想到他還殺掉過朔也呀。」

「直到剛才，我滿腦子都在思考關於寶箱輪集體自殺事件的真相，而沒有餘力對**追月朔也殺害事件**做推理。」

「朔也大人，請不要對自己的死取那種名字。」

「畢竟沒有其他的講法啊。而到最後大家一起前往醫院的途中，我才總算有些餘裕而重新思考了很多事情。例如當我被殺害時的狀況啦。你們看，就是在這附近。」

我們現在也剛好要從醫院穿過公園前往遊樂園。

「你思考了些什麼？說給我聽聽嘛。」

貝爾卡把肩膀靠了過來。

「關於這點我也很在意。」

走在另一邊的莉莉忒雅也朝我靠近。

「我想莉莉忒雅應該也知道，其實我對於被人襲擊這種事已經算頗習慣了。」

我這麼一說，費多和莉莉忒雅都頓時露出傻眼的表情。我自己也不想講這種話啊，但這就是事實嘛。

「所以當我被襲擊的時候，就想說最起碼要設法掌握什麼證據之後再死。但無論我怎麼思考，都搞不清楚對方用的凶器到底是什麼。正確來說，**凶手打從一開始手上就沒有拿什麼東西**。可是徒手又不可能發揮那樣強烈的破壞力。再說，當時那個感覺也不是拳頭的觸感。」

由於我實際體驗過所以能講得很確定。

「那麼凶手究竟是如何毆打我的？使用的凶器是什麼？」

「呃……是什麼？」

「提到答案之前，我必須先講一下凶手當時的行動。那時候凶手是從背後毆打正在前往水島園而背對著醫院的我。順便補充一下，那時候我在這條路上沒有跟任何人錯身過，也沒聽到什麼聲響。然後你們看，這條公園步道的兩旁都是密集的樹籬，凶手不可能偷偷撥開樹籬從前方繞到我的背後。畢竟做那種事情一定會發出聲響讓我馬上發現。」

「換言之，凶手是從醫院的方向追在朔也大人後面跟過來的。」

「沒錯，所以我想凶手可能就是醫院的人。但醫院裡的人要是拿著什麼凶器跑出去，肯定會被同僚或患者們起疑。再說，光是護理師在工作時間跑出醫院就很容易讓人留下印象了。因此凶手——八乙女先生是從護理師的服裝換成一般便服之後，裝成一名患者追到我後面的。」

要是他穿著一身白衣服，就算在幽暗的公園中我也一定能夠看出來吧。

「既然如此，那凶器呢？」

莉莉忒雅就像在催促我快點公布答案似地對我稍微施壓。

我會講啦。我現在就要講了，妳別用肩膀推我啊。

「我不是說了嗎？他裝成一名患者。在慣用手上套了一個骨折固定器。」

「固定器……那位護理師是用固定器毆打你的？」

「嗯，我想應該是。醫生在診療室有拿說明用的固定器給我看過，而凶器大概就是那種感覺的東西。從背後被毆打的時候，我感覺到既不像石頭，又跟鐵鎚不太一樣的觸感，其實就是骨折固定器。」

「原來如此，所以凶手才什麼凶器都沒握呀。因為根本沒有拿凶器的必要。」

接在貝爾卡這句話之後，費多也說了一句：「這種真相連泰德・邦迪都要嚇一跳啊。」

集體自殺事件的幕後黑手在醫院。

追月朔也殺害事件的凶手也在醫院。

當我腦中得出這兩件真相後，兩起事件立刻被一條線連接起來。

「如果殺了我的是醫院的人，那麼他匆匆忙忙追上前往水島園的我並且把我殺掉的理由又是什麼？那就是他不想讓我到水島園去，不想讓我跟集體自殺事件扯上關係。」

就在如此說明的時候，我們一行人回到了水島園。

雖然園區已經被封鎖，裡面只有警方相關人員，不過由於我們對破案有所貢獻，而特別獲准進入園區。或許實際上要歸功於費多的威望就是了。

我將結婚戒指的特徵告訴費多與貝爾卡並請求他們協助，恐怕再沒有比他們更可靠的幫手吧。

「也就是說，凶手當時知道了朔也大人是一位偵探，而且接下來準備前往水島園解決事件是嗎？」

正當我們努力尋找戒指的時候，莉莉忒雅又繼續提起剛才的話題。

「不過，他究竟是如何得知這種事情的呢？」

「咦？妳還要繼續講啊？現在先找戒指吧，莉莉忒雅。」

我說出這樣相當有道理的一句話，但咱們家助手卻鼓起腮幫子，露出當她非常不甘願時會有的可愛表情。

「電話……」

「好啦，我知道了。呃～我想答案應該是我跟莉莉忒雅的那通電話吧。」

這麼說來，當時的確有通過電話呢——莉莉忒雅如此呢喃。

「我當時是在醫院的頂樓講電話。那裡是一般人禁止進入的地方。雖然我知道不太好，但我想說在那種地方應該就不會有其他人了。」

「可是當時凶手八乙女先生就剛好在那裡？」

「對，他比我還要先躲在頂樓上了。或者說，他當時應該是在頂樓觀察摩天輪的狀況吧。為了親眼確認自殺事件有沒有確實執行。畢竟只要有發生什麼事情，摩天輪就會停下來，從醫院頂樓也就能確認了。」

既然頂樓禁止進入，就不用擔心會有人來——八乙女當時應該是這麼想的。

可是我卻出現在那地方，而且還透過電話講起那樁才剛發生的事件。

「情急之下躲起來的八乙女先生就這麼聽見了我們的對話是嗎？」

他想必有聽到吧，於是得知了我是被譽為世界最強偵探的追月斷也的兒子，而且接下來準備去解決在水島園發生的事件——

「站在八乙女先生的立場肯定非常著急吧。擔心偵探會不會一下子就把事件解決掉，然後跑來逮捕自己。接著他便開始思考，現在還來得及在偵探抵達現場之前把偵探收拾掉，自己只能這麼做了。」

當時我掛斷電話回到頂樓門前的時候，碰上的人物正是八乙女。

他其實並不是打開門來到頂樓，反而是正要從頂樓逃進屋內。可是時機太晚，就被我撞見了。

那時候他說自己在醫院到處找我，想必也只是臨時編出來的藉口。

「他接著追上離開醫院的朔也大人，用剛才講過的方法將你殺害——那麼關於屍體的事後處理……」

「我猜恐怕也是八乙女本人做的吧。他首先把我的遺體藏到公園樹籬之類的地方，暫時回到醫院換回護理師的服裝，把固定器收拾完後又馬上返回公園。把我當成一名傷患用擔架又搬進了醫院。」

雖然說當時的我已經死亡，能不能稱作傷患還有待討論就是了。

「他接著告訴醫院的醫生——我想大概就是藁宇治醫生吧——說剛才在醫院診斷過的我因顱內出血而死亡，試圖讓人以為我是由於車禍受傷造成的延遲身亡。」

實際上當時我被八乙女毆打了頭部好幾次，而導致我原本就因為車禍受傷的腦部遭到了決定性的傷害。

「死亡診斷書恐怕是讓藁宇治醫生開的吧。至於後續的瑣碎手續，他或許打算利用自己護理師的身分做什麼竄改。雖然藁宇治醫生有可能會表示反對，但站在醫生的立場來看感覺就像是自己誤診導致我死亡的，心中或許會感到各種內疚。因此八乙女應該是認為能夠在某種程度上與醫生串通，讓追月朔也被當成因為出車禍送進醫院，但打從一開始就來不及救治了。」

雖然說，八乙女這段計畫由於我早早就復活過來，結果變得根本沒有意義就是了。

到這邊聽完我的說明後，莉莉忒雅輕輕吐了一口氣。

表情看起來很滿足的樣子。

「雖然說，這些全部都只是我的想像啦。不過警方現在大概也針對我遭受暴行的事件開始追究嫌疑，如果有必要應該還會對藁宇治醫生訊問。所以真相遲早也會傳到我這裡來——啊。」

「請問怎麼了嗎？」

我伸手指向自己不經意看到的東西。

「寶箱輪，又動起來了。」

「啊……」

在我們的注目下，摩天輪又重新緩緩轉動起來。

我不禁感到在意而走過去一探究竟，結果最初接受我問話的工作人員——芥澤小姐看到我們便朝這裡揮了揮手。

「現在客人們的東西已經全部搬出來，也完成清潔了。不過為了保險起見，看看在運作上會不會有什麼問題，所以才讓它轉動的。我們必須一個座艙一個座艙地仔細檢查。」

她的表情顯得非常複雜。不，考慮到這次發生的事件內容，她這樣的態度可以說是相當優秀。既堅毅又專業。

正因為如此——我實在不忍心當著她的面詢問寶箱輪今後的處置。

「朔也大人……那個……朔也大人。我說……朔也！」

就在我獨自沉浸於惆悵之中的時候，莉莉忒雅忽然心急地扯我的手臂。

「妳、妳突然做什麼啦？喂！」

她就這麼拉著我的手，穿過摩天輪的搭乘入口，坐進打開著艙門的座艙。

「啊！妳在幹什麼啦~居然擅自坐進來。這不是給工作人員添麻煩嗎？快點下去……呃，咦咦！」

我趕緊想要拉她出去，但艙門卻在我眼前硬生生關上了。我把手貼到玻璃上看向外面，發現芥澤小姐帶著一臉賊笑對我伸出拳頭示意。呃不，妳這拳頭是什麼意思？

她的表情彷彿在說：「真是沒辦法。就免費讓你們坐一圈吧。」

總覺得好像被誤會了什麼，不過在工作人員的好心安排下——就這麼特別為我們運轉摩天輪了。

「喂，莉莉忒雅，妳突然這樣是什麼意思？原來妳那麼想坐摩天輪嗎？」

莉莉忒雅不知為何把手伸到座艙椅子的下面，而且是相當深的地方。

「……莉莉忒雅？」

「找到了！」

她接著大叫一聲，轉頭看向我。

「找到什麼……啊！」

在她手中，一枚造型樸素的鑽戒閃爍著光芒。

「那是……啊啊！那不是委託尋找的戒指嗎！原來在這種地方！」

「不好意思。我剛才一瞬間看到有東西在發亮，就趕緊衝進來了。」

「原來是這麼回事……害我嚇了一跳啊。」

莉莉忒雅把找到的戒指放到她自己帶來的白手帕上，輕輕交給我。

「妳立下大功啦，莉莉忒雅。這下尋找戒指的委託也完成了。」

「是，委託人夫妻想必會很開心呢。」

既然如此，接下來只要回去事務所就行了——然而，我們還是得等待摩天輪轉上一圈。

「呃……我記得轉一圈大概十分鐘吧？」

「是的。」

「……是喔。」

「是的。」

在狹小的摩天輪座艙中，我再度和莉莉忒雅對上眼睛。視線不知該往哪裡擺的我忍不住又望向窗外，看到眼前一片的夜景。

我又偷偷瞄向莉莉忒雅，發現她不知不覺間已經很有氣質地坐到位子上，抬頭看著我。

「莉莉忒雅，那個……今天一整天都辛苦妳啦。」

「朔也大人也辛苦了。」

「嗯。」

「你很累嗎？」

「累癱啦。一下又被車子撞，一下又掉進河裡，甚至還被醫療人員殺害，又是**禍不單行**的一天了。真希望至少在轉回地面的這段時間能夠讓我放鬆一下。」

我眺望著夜景形成的地平線，有些得意忘形地抱著半開玩笑的心情如此抱怨。

結果咱們家的助手似乎在思考什麼似地仰望天花板。

「沒啦，我只是開個玩笑……」

「朔也。」

她最後輕輕拍了兩下自己的大腿，歪著小腦袋說道：

「要不要——放鬆一下？」

我忍不住當場摔跤，把頭撞在座艙的牆壁上。

見到**偵探大人**如此的矬樣，助手小聲笑了起來。

用雙手掩著嘴巴，輕聲笑著。

傳出大量死者的摩天輪，緩緩轉動。

雖然聽起來很諷刺，不過對於在生與死之間不斷輪轉的我來說，這裡可說是非常合適，坐起來相當放鬆的遊樂設施呢。

□

隔天，我和莉莉忒雅來到位於事務所附近的一間露天咖啡廳。

週末的街上人來人往。天氣很晴朗，不過空氣有一點點潮溼。

「日本的食物不管在哪裡吃什麼都好美味。真想要帶回英國呢～」

坐在我旁邊的貝爾卡由衷感到幸福地享用著拿坡里義大利麵。

「對吧，老師？」

費多也在貝爾卡的腳邊大快朵頤著熱狗。

據說他們暫時會繼續留在日本的樣子。

「對了，關於那位凶手的護理師先生呀。」

貝爾卡忽然停下吃飯的手，不知為何放低聲量對我說道。

「我們稍微調查了一下，其實那個人自己似乎也患有疾病喔。」

「……疾病？」

「而且是相當嚴重的疾病……或者應該說治好的可能性很低的疾病。不過他好像對職場同僚們保密的樣子。」

「……哦哦。怪不得。」

我聽到這項情報，莫名感到明白。

「見證過許許多多人過世的他，這次換成自己感受到死亡的氣息接近。或許就是因為這樣，讓他重新體認到了深切的心境吧。」

「什麼意思？」

「與等待臨終的患者們站到同樣的立場，懷抱同樣的心情，因此讓他對於從醫院看到的景色萌生了絕望與憤怒吧。」

這搞不好就成為了八乙女的動機，成為驅使他犯案的原動力。

聽說現在也有幾名事件的被害者被送進遠枡綜合醫院的加護病房。雖然不曉得把試圖斷送自己性命的人稱作「被害者」是否恰當，不過這也表示接下來死者人數還有繼續增加的可能性。

當然，也有可能最後得救。但即便得救了——要是他們沒能找回活下去的動力，也是同樣的意思。

「朔也大人，請不要太過苦惱。」

「謝謝，莉莉忒雅。不過這次的事件無論被害者也好，主謀也好，在各種意義上都讓人心情上很難釋懷啊。」

我輕輕嘆息後，費多忽然抬起頭來。

「不要一直糾結下去。既然謎團被解開，凶手被抓到，那麼偵探的工作就結束了。比起那種話題，現在更重要的是討論今後的事情，不是嗎？」

牠這麼說確實沒錯。

「你希望得到關於最初的七人（那群傢伙）的情報對吧？但就算最後真的讓你找出了那些傢伙，你又打算做什麼？難不成為了幫父親報仇，你要對他們一個一個用『空手道』還是什麼提出對決嗎？」

這當然只是費多的一種玩笑話，不過牠感覺也在試探猶豫不決的我。

「這個嘛……老實說，我還不知道。我只是想要知道老爸究竟發生了什麼事，那些人究竟做了什麼。假如因此得知他們是對我來說無法原諒的存在……到時候我會代替老爸再度抓到最初的七人（Seven Old Men），讓他們回到監獄裡。」

「哼，簡直莽撞得讓人看不下去。小鬼，你就算在戰場的事件現場中也是第一個會被殺掉的類型啊。」

費多講的話依舊嚴厲。

「莉莉忒雅也經常那樣講我。」

就在我如此苦笑的時候，只是在聽話的貝爾卡忽然探頭看向我的臉。光澤亮麗的金髮在她臉頰邊搖曳。

「朔也，對不起喔。老師這樣講的意思是說，因為牠無法放心，所以會暫時協助你。」

「費多……」

「小鬼，你聽好。如果有想要達成的目的，就要鍛鍊自己的力量。不過這裡講的是做為一名偵探的力量，不是叫你變成像老美那些輕浮電影的主角一樣全身肌肉的壯漢，或是去模仿什麼中國功夫電影。我看斷也八成沒有教育過你這方面的東西，所以由我來好好磨練你一番。畢竟我可不希望因為你犯了什麼蠢，結果連累到我也遭遇危險啊。」

「……謝謝。」

「話說回來，關於昨天那起事件。」

費多一副對感謝的話語沒有興趣似地立刻又改變了話題。

「還有一個讓人無法理解的問題啊。」

「無法理解的問題？」

「給我動動腦袋啊，傻貨。就是那個護理師匯給自殺者們的那筆巨款的來源。」

「這……確實是個問題。」

「假如凶手是個高薪族的醫生或許還有可能性，但我不認為一個年輕護理師有辦法籌到那麼多錢。不但匯給一個人一個人的金額很大，人數又太多了。好啦，那麼這筆錢究竟是從哪裡來的？」

費多對我丟出了一個『Q』。看來這也是牠**授課**的一環。

「也就是說……背後有個出資者？」

「沒錯，然後這次凶手的想法是單純為了拆掉一座摩天輪就策劃唆使一群人集體自殺。為了一個男人的這種計畫會輕易提供好幾萬，搞不好還會上億的鉅額資金——有辦法做到這種事，而且可能會做這種事的傢伙，我只能想到……一個人……唔……嗚嗚、汪嗚。」

本來滔滔不絕地說著嚴肅話題的費多講到途中忽然話語錯亂起來。

「好~可愛的狗狗呦！」

低頭一看，有個不認識的小女孩大膽地蹲在地上，恣意摸著費多的頭。她什麼時候出現的？

對於小孩子突如其來的親密接觸，費多也沒辦法吠叫抗議，只能任憑對方擺布了。

「你叫什麼名子~？」

「牠叫費多老師喔~」

貝爾卡一副已經很習慣地如此應對小女孩。或許這種事情對他們來說是家常便飯吧。

「啊！糟糕。」

享受著費多那身柔順狗毛的少女忽然像是想起什麼重要大事般站起來，用小手拍拍衣服上的灰塵。

「人家交代我要把這東西交給你呀！來，請拿去！」

她說著，從口袋掏出一個東西遞到我手中。

是最新型的智慧型手機。比我現在用的還要高級。

「把這個……給我？」

「嗯，是一個大人在那邊拜託我，要我交給你的。狗狗，拜拜囉～」

辦完事情後，少女便立刻轉身離去。小小的背影轉眼間被人潮淹沒，看不到了。

「為什麼那樣的小女孩要把這種東西給我……？」

現場頓時飄散詭異的氣氛。

「她說被人拜託……究竟是被誰……喂！等等！」

貝爾卡起身想要追上少女，但是被費多制止了。

「沒用的。那小孩肯定什麼都不知道。『這玩意』是一路透過各種毫無關係的人物，經由複雜的途徑交到這裡來的。」

我們的視線很自然地都看向被小女孩留下來的手機。

就在這時，手機響了。

簡直是堪稱藝術的巧妙時機。

鈴聲是我聽過的某首曲子。很有名的古典樂——對了，我記得是華格納的《女武神的騎行》。

來電號碼沒有顯示。

我們忍不住抬頭互看。

費多對我點點頭。

於是我做好覺悟，接起電話。

「不好意思打擾囉，朔也。」

那聲音震動鼓膜的瞬間，我的眼皮內閃過一個色彩。

鮮豔奪目的大紅色。隨著混雜火藥味的暴風翻動的華麗禮服。

「夏露……原來是妳。」

大富豪怪盜（Celebrity）——夏露蒂娜．茵菲利塞斯。

「真是謝謝你妨礙了夏露的**慈善事業**喔。」

她劈頭講出的這句話，讓我立刻察覺一切。

在一旁偷聽的費多也一副「不出所料」地小聲低吼。

「那個人……呃～叫八乙擬嗎？嗯？八乙女？叫什麼都沒差啦。總之他好像為了達成目的需要一筆錢的樣子，所以夏露就稍微借了他一點。但無奈事情實在太突然了，當時夏露的口袋裡**只有３００萬€（歐元）而已**，不過對他來說似乎已經很充分的樣子。」

「原來妳就是資金來源。但妳究竟是如何……」

如何知道八乙女祕藏於心中的那項恐怖計畫？

「你不曉得嗎？情報也是可以用錢買到的喔。只要把鈔票像雪花一樣撒到空中，資本的妖精就會從世界各地收集各種有趣的情報，趁夏露睡覺的時候跑到臥室來，在耳邊悄悄告訴夏露呢。」

夏露蒂娜用富含嬌媚煽情成分的聲音，呢喃著這樣像夢境一般的發言。

當然，她講的話只是一種譬喻。簡單來說，就是她的情報網遍及世界各地的意思。

而大富豪怪盜（Celebrity）會隨心所欲從中挑選一些能夠讓自己排解片刻無聊的情報，享受樂趣。

用腳趾頭戳戳看起來只要再堆一下就會往前倒下的骨牌。

結果就是一位名叫八乙女的男人獲得一筆資金，往前倒了下去。

這男人策劃了一場前所未聞的集體自殺事件，不過在他背後，其實還有另一個人物在資助他，就是夏露蒂娜。

「妳為了什麼要特地做出這種事情？因為好玩嗎？」

「夏露不是講過了嗎？這是慈善事業……雖然是這樣講啦，但若硬要說個理由嘛，就是那座叫寶箱輪的摩天輪……」

霎時，寶箱輪那個有如暴發戶般低級趣味的外觀設計閃過我的腦海。

「難道說，水島園那個新的出資人就是妳嗎？」

「才不是呢。」

我的想像立刻就遭到否定。

「如果是那樣，夏露怎麼可能讓他們建出那樣毫無品味可言的摩天輪？恰恰相反，是夏露上次去日本的時候，從車窗看到那座摩天輪覺得很不順眼，所以想說乾脆把它拆掉。可是單純把遊樂園收購下來或是直接去爆破又感覺很無趣，讓夏露正猶豫該怎麼做才好。結果剛好就在這時候，那個八乙擬的計畫傳到夏露耳中，夏露就決定讓他去做了。因為那樣感覺比較好玩呀。」

到頭來，她的理由總歸就是為了好玩。

只要發生集體自殺事件，摩天輪就會停止使用，最後被拆除。

自殺志願者們可以留下鉅款給自己的遺屬們，安心上路。

「這就叫所謂Ｗｅｎ－Ｗｅｎ的關係，對吧？嗯？還是叫Ｗｉｎ－Ｗｉｎ？講Ｗｅｎ－Ｗｅｎ聽起來變成兩邊都在大哭呢。」

夏露蒂娜笑了起來。嗤笑起來。

「夏露……妳人在哪裡？」

「朔也，你在生氣嗎？」

「關於老爸的事情，妳應該知道些什麼吧？」

「不死偵探——追月斷也。聽說遺體已經被發現了不是嗎？」

「只是找到那樣一具看不出長相也驗不出指紋的火燒屍，並不代表任何意義。」

雖然我姑且有聽說DNA是一致的，但那種東西終究只是個不認識的警察看著文件念出來的資料內容罷了。

「原來他並不是什麼不死的人，可喜可賀，可喜可賀——這樣不行嗎？」

「不行。」

「真是傷腦筋的人。好吧，既然這樣，你到瑞吉蕾芙來。」

「瑞吉蕾芙？」

「夏露在地中海的一座**私人島**，在那裡有一間祕密別墅。如果你主動來訪，夏露也可以考慮告訴你關於追月斷也的事情。但是對那些不解風情的警察們要保密喔。假如你敢去哀求那些邋遢的傢伙們跟你一起來，夏露也會做出**相對應的招待**。」

「……知道了。」

「對了，朔也。那支手機你可要好好保管著。畢竟那可是全世界唯一能夠和夏露直接聯絡的電話，明白嗎？」

「好，我絕對會去見妳。」

「**God speed you.**」

她最後留下這句話，掛斷電話。

「……呼。」

從強烈的緊張感中獲得解放後，我忍不住深深吐氣。就這麼彷彿要沉下去般全身躺到椅子上，仰望天空。

「夏露蒂娜的據點，瑞吉蕾芙——這名字我也有耳聞。據說是不存在於地圖上的經濟實驗特區。想必是個很愉快的場所吧。那麼小鬼，你要去嗎？」

費多挑釁似地如此說道。

我會去。我當然會去。

我用表情如此回應他。

「朔也大人。」

莉莉忒雅把手輕輕放到我肩膀上。

告訴我——莉莉忒雅就在身邊。

光是如此，我本來冰冷的手腳便感覺血液又流動起來了。

於是我抱著提議的意思，不只對著莉莉忒雅，也對著費多與貝爾卡舉起手。

「總之……要不要大家先點一份布丁拼盤？」

要動腦子的事情等一下再說吧。

尤柳・德林傑的問候・4

忘了是什麼時候，英國小報上曾經寫過這樣一段文章：

夏露蒂娜・茵菲利塞斯能夠將財力發揮得如魔法一樣。

用金錢強奪一切，盜走一切。

因此人們如此稱呼她：

大富豪怪盜（Celebrity）——或者叫資本魔女（Capital Witch）。

作家亞瑟・C・克拉克曾說過「任何足夠先進的科技，皆與魔法無異」這樣一句話。不過充足的財力看來也同樣與魔法無異。

夏露蒂娜的私人軍隊ＥＭ，也是她施展的魔法之一。

ＥＭ與盧西亞諾家族間偶然發生，或者說情勢流轉下爆發的這場槍戰，發展得越來越激烈了。

「在夏露底下可沒有人會吝惜子彈對吧？」

夏露蒂娜在槍林彈雨的大廳正中央享受著這個狀況。

自己也不握槍，也沒有狼狽躲藏，只是挺身站在那裡。

臉上的表情彷彿在說：敵人的子彈？怎麼可能會擊中我？我可是夏露喔？

「到外面去吧。這裡的空氣糟透了，卡爾密娜。」

「是，大小姐。」

似乎決定把戰場移到屋外的夏露蒂娜隨興轉身準備離去。而就在轉身的瞬間，她身上的禮服變了。

雖然讓人一時以為是自己眼花，不過那似乎是站在她身旁的卡爾密娜為她快速換裝的樣子。真是了不起的飛快手法。或者說，她剛才究竟是把衣服藏在什麼地方？

「那傢伙，一秒鐘都不想繼續穿著沾了灰塵的衣服是吧。」

雖然換裝，但換上的同樣是一件大紅色洋裝。不過或許是出自講究，感覺色調上好像跟剛才那件有一點點不同。

夏露蒂娜丟掉舊洋裝後，瀟灑走出大廳。

於是我也跟在她後面，就這麼從酒店來到路上。

那群黑手黨一副騎虎難下似地帶著自暴自棄的表情繼續開槍。恐怕他們連自己現在遇上的對手是誰都還搞不清楚吧。

路上還沒聽到警車的聲音，我猜盧西亞諾肯定有跟警察局長稍微聯絡過。說自己正派遣部下去追一個別有內情的亞裔年輕女性，**或許會鬧得稍微吵一點**，但不用在意——

警察局長正享受著口袋中那疊鈔票的觸感，暫時都裝作沒有注意到吵雜聲吧。然而僅限這次的狀況，那群黑手黨搞不好也在期待警察快點現身呢。

畢竟ＥＭ就是如此訓練有素，而且毫不留情。

夏露蒂娜坐鎮在一臺加長得有夠誇張的加長型禮車車頂上，有如指揮官似地下達冷酷的指令。

「那輛卡車後面有三個人。Kill'EM。」

每下一道指令，她身上的禮服就變一次。簡直有如**新娘換裝**一樣。

卡爾密娜的飛快動作實在了得。藍色、橙色、粉紅色、黃色、綠色、黑色——這次連色彩都變化多端。

「呀哈哈！大小姐，妳看妳看～！我Kill（斃）掉那群傢伙啦！」

「很棒喔，阿爾特拉。」

相對地，我則是抓起其中一名黑手黨掉在地上的衝鋒槍，隨隨便便打發那群來找麻煩的傢伙們。

槍械這種東西，雖然我有時候也會視情況使用，但用起來真的不是什麼好玩的東西。老實說，我就算不用槍也能夠立刻壓制全場。

畢竟只要讓在場的所有人都愛上我就可以了。

「不過呀，那樣事後很麻煩的。」

不巧經過的配送卡車被子彈擊中輪胎，當場激烈翻覆。

現場已經到處都是碰上同樣的狀況被打成蜂窩的車輛。

我衝到車子上面，有如體能競技般從一輛車跳到另一輛。

途中，我在那群黑手黨中發現了皮歐的身影。他一看到我，便用眼神對我示意

「我不會對妳開槍的」。

看來他被夾在組織與戀愛之間陷入兩難呢。雖然我懶得理他就是了。

總之，皮歐現在就是這個樣子。

只要一度墜入情網，要何時清醒、如何清醒，都要看他自己決定。

這不是像催眠術一樣彈個手指就能恢復原狀的。

因此事後他會如何糾纏執著，根本難以預料。

這就是我——尤柳．德林傑這個體質的麻煩之處。

「算了，就算我不想辦法，ＥＭ也會擅自幫我收拾掉吧。」

一如我所說，後來夏露蒂娜換裝到第七次的時候，戰鬥已經進入結束階段。

槍聲變得稀稀落落，盧西亞諾家族的傢伙們接連逃跑。看來他們總算察覺自己遇上的對手既不普通也不尋常了。

吵鬧的宴會就此落幕。

街上徹底陷入寂靜。居民們都不敢把頭探出窗戶。

彷彿算準時機似的，我看到警車群這時才從遠處登場了。

□

槍戰兩天後，我和夏露蒂娜來到位於西班牙的一處鄉下地方。

當時我們逃過警方的追查坐上夏露蒂娜的自家用噴射機，就這麼一起飛越國界，現在暫時住在夏露蒂娜的別墅之一。

雖然我很清楚乖乖待在這裡避風頭才是最好的做法，但我差不多也感到膩了。

於是我早上為了呼吸一下外面的新鮮空氣而爬上樓梯，來到二樓的露天陽臺。結果那裡已經有人了。

是夏露蒂娜。她把手機拿在耳邊，似乎在跟誰講電話。

通話對象是——

「朔也，你在生氣嗎？」

啥？為什麼這傢伙會跟**師父**連上線？

而且氣氛還搞得像小情侶吵架一樣。

「真是傷腦筋的人。好吧，既然這樣，你到瑞吉蕾芙來。」

我等到夏露蒂娜掛斷電話後，從背後湊近她耳邊細語：

「大小姐的現金卡是什麼顏色？」

「呀啊啊啊啊啊啊！」

結果夏露蒂娜嚇得把手機都朝我丟過來，趕緊跟我拉開距離。真是教人愉快的反應。

「不要嚇人家呀！」

「妳還是老樣子膽子這麼小。真好笑。」

「夏露只是不喜歡從後面被嚇！不可以從背後！」

哦～哦～她氣嘟嘟呢。

「是喔，雖然我對妳那種祕密的人物設定根本沒興趣就是了。」

「才不是人物設定。」

「唉～我好無聊。」

我把夏露蒂娜的話當耳邊風，坐到一旁的椅子上。

「妳昨天不是在房間放音樂，自己一個人跳舞跳得很開心嗎？」

「那也一秒鐘就膩了。」

在威尼斯雖然發生了很多累人的事情，但反正現在情報已經到手了，我好想要馬上放掉一切回日本繼續當灰峰百合羽。

繼續當偵探的徒弟。

「真要講起來，這一切不都是妳害的嗎？居然把那群黑手黨帶到夏露的派對上。」

夏露蒂娜也模仿我似地坐到旁邊的椅子上。

「都是因為這樣，害得夏露也要跟著被趕出義大利。」

「……話說，妳剛才那通電話呀。」

「沒錯，就是追月斷也的兒子。怎麼？啊，妳很在意？」

「才沒有～」

「夏露在日本跟他稍微認識了一下。」

「真會偷偷來。」

「要這樣講的話，妳最近還不是纏著他的樣子？」

「用不著妳多管閒事。啊，要是妳打算跟他告狀**真正的我**（Empress），我就先讓妳閉上嘴巴。」

「去跟朔也告狀？夏露才不想呢。夏露又不是那孩子的保母，做那種事才真的是多管閒事。既然他好歹也想以偵探自居，就必須自己去察覺呀。」

我開口警告後，夏露蒂娜用極為冷漠的語氣如此斷言。雖然這種講法讓人聽得不太爽，但既然她這麼說，那就是真的了。

無聊的謊言只會降低心靈的強度，而夏露蒂娜這個女人不會撒那種謊。她是個無時無刻都抬頭挺胸只講真心話的女人。

跟無時無刻都抬頭挺胸欺騙真心的我完全相反。

「妳威尼斯那邊沒問題嗎？」

「誰曉得？反正能撒的賄賂都已經撒了。」

「妳還是老樣子，撒錢撒得跟白痴……不，跟**魔法**一樣呀。」

「要這樣講的話，妳還不是老樣子，在這顆星球上到處撒疾病。」

「我不知道妳在講什麼。」

「還裝傻。明明被那麼多男人追著跑。」

那又不是我自願的，不過夏露蒂娜說的話也很妙。

的確，我是將疾病散播到全世界。

一種沒有特效藥的疾病，而人類稱之為「相思病」。

最初的七人（Seven Old Men）

PROFILE

世界情人（Empress）

尤柳·德林傑（Y）

徒刑999年

憑藉天生的魅力，

無意間就會吸引周圍的人們，

使對方喜歡上自己。

年齡不詳。

事件二 事件筆記

KILLED AGAIN, MR. DETECTIVE.

佇立者之館（Demonia Kavira） 平面圖

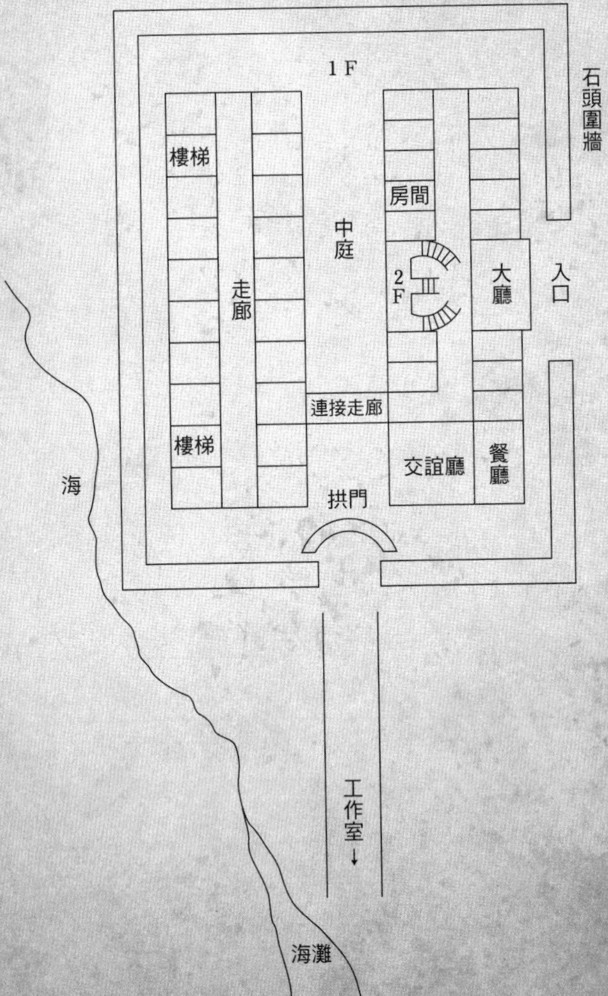

事件二　畫廊島殺人案

—前篇—

KILLED AGAIN, MR. DETECTIVE.

第一章　你在裝帥呀，朔也大人

「哇嚇～！師父！水呀！水呀！」

「哇！哇！肯定是觸礁了！船舵不靈啦！老師！要沉了！請做好狗爬式的準備！」

在地中海的水平線上，百合羽和貝爾卡的尖叫聲此起彼落。

海水入侵船底的速度毫不留情，光拿水桶舀水往外倒根本來不及。

像這種時候就會讓人深感自覺，人類果然是陸地上的生物啊。

換言之，我們束手無策了。

載著我們的小船被巨浪沖得左右劇烈搖盪。

「大家，快找個東西抓穩！救生衣在哪裡啊……？」

我在船艙邊壓低身子，對大家如此叫喚。

「朔也大人！」

莉莉忒雅忽然叫了我一聲，聽起來莫名著急的樣子。

「咦？」

我回神時，才發現自己的身體已經被彈出船外。

落船——落水。冰冷的海水霎時包覆我全身。

在地中海耀眼的陽光照射下，海中呈現一片夢幻景象。

可是我當然沒有餘力欣賞那片風景。

巨浪一波接一波，把我的身體越沖越遠。

簡直分不清楚上下左右了。就算偶爾運氣好一點讓臉可以探出海面，但我連換氣都快來不及。

船在哪裡？

大家沒事嗎？

浮上海面的次數逐漸遞減。

啊啊，氧氣不足。終於要死了嗎——

不，照我的狀況，好像不能講**終於**的樣子。連自己都覺得很沒出息啊。

嗯？

剛才鼻頭好像碰到了什麼東西。

那是……尾鰭？

純白……剔透的……尾鰭。

正當這麼想的時候，我忽然感覺到身體輕飄飄地浮向海面。

有東西從下面把我往上推。

不對——是人。

繞在腋下抱著我的，是人類的手臂。纖細而白皙的手臂。

但我還來不及確認那觸感，意識便溶到氣泡中消失了。

□

沉船兩小時前。

我們搭機來到了位於西西里島一處叫巴勒摩的都市。

這裡號稱西西里島最大都市並非浪得虛名，街上到處充滿朝氣。

「這就是義大利啊！」

我感受著地中海的微風，細細品味久違的大地觸感。

「雖然並非義大利本土就是了。」

「啊，莉莉忒雅，妳裝什麼酷啦。明明挑飛機餐的時候比我猶豫得還久。」

「請問你在講什麼呢？朔也大人真可憐，大概因為不適應氣壓變化而看到了幻覺吧。」

莉莉忒雅對於我的反擊完全不當一回事，只顧用心搬運著裝滿行李的大旅行箱。

「我雖然跟著老師去過幾次義大利，但第一次來西西里島呢！」

在我們旁邊還有舒舒服服伸著懶腰的英國最強偵探犬費多，以及牠的徒弟貝爾卡。

接受最初的七人之一（Seven Old Men）——夏露蒂娜・茵菲利塞斯那場恐怖邀約之後，我們就在昨天從東京出發了。

想當然，這將會是一段難以想像的危險之旅。如果可以，我巴不得婉拒邀請。但我還是很想知道——無論生死或下落都依舊不明的老爸究竟發生了什麼事。

假如想要獲得情報，果然還是得深入虎穴。

我們遵守和夏露蒂娜的約定，關於這次的事情並沒有告知漫呂木或其他警察。因此這是只有我們一行人的祕密決死行。

就這樣經歷漫長的空中之旅後，我們降落到了這座西西里島的法爾科內・波爾塞里諾國際機場。

目的地是據說位於地中海上的夏露蒂娜私人島嶼，瑞吉蕾芙——

「於是乎，我們接下來即將前往大壞蛋的基地，比前往太陽更危險重重！所以說！大家要彼此關照合作。朔也，莉莉忒雅，絕不可以鬆懈大意喔。」

「貝爾卡好有幹勁啊。」

「畢竟這趟旅行難以預料會發生什麼事，所以要做好萬全的準備。現在幾點？」

「早上十點。」

「現在集點？」

「繁星點點。」

請不要以為我們腦袋壞掉了。這是貝爾卡在搭飛機途中強行決定的『當遇上萬一時可用的暗號』。雖然我怎麼想都覺得不可能有機會派上用場。

「太完美了！如此一來就能證明現在眼前的朔也和莉莉忒雅不是敵人偽裝成的假貨，而是貨真價實的本人了。是喔是喔，那真是太好了。拜託誰來都好，假如能夠想出什麼嶄新手法塞住貝爾卡的嘴巴，就有獎金可領。老師，你好過分！」

順道一提，剛才的暗號中「早上十點」是我回答，而「繁星點點」是莉莉忒雅回答的。

「陽光真強啊。」

我舉起手掌遮陽，再度仰望頭頂上深藍色的天空。

雖然並非天空上多出了兩三顆太陽，不過地中海明顯與日本不同，被明亮的陽光支配著。

就在那樣耀眼的陽光下——一名少女從馬路對面精神洋溢地揮手跑過來。

「師父～！人家買義式冰淇淋來囉～！」

正是剛出道的新人女演員兼我的暫定徒弟——灰峰百合羽。

「讓我們休息一下，冰一個吧～」

她身穿一件純白連身裙搭配大帽簷的草帽，還有一雙清爽的涼鞋。從頭到腳充滿旅遊氣氛。

「謝謝……」

我從她手中接下看起來很美味但有點融化的義式冰淇淋。

「百合羽……沒想到妳居然真的跟過來了。我已經說過很多次，這可不是悠悠哉哉的觀光旅行喔？而且也沒安排我們原本約定好的海水浴……」

「你在說什麼嘛！師父是要去抓住壞人對不對？換言之，這不就是師父的海外第一戰嗎！身為徒弟必當同行呀！」

就像這樣，百合羽從日本出發前就是這個樣子，到頭來還自掏腰包跟著我們一起來了。在電話中不小心提及這趟義大利之行的我要負起很大的責任。

「我明白喔，百合羽。那種心情，我非常懂！」

「我就知道貝爾卡一定會這麼說！」

聽見我們對話的貝爾卡握住百合羽的手，大表共鳴。

一邊是偵探的徒弟，一邊是偵探的助手。兩位少女要變得感情融洽根本花不上多少時間，來到這裡的路途中就已經臭味相投了。

「唉，真是像暴風雨一樣吵鬧的女娃們。」

費多嘆出的氣吹散地面上的塵埃。

「冰淇淋也有大家的份呦~！呃、都快融化了！啊嘻嘻！」

我背對著情緒高昂的百合羽，看向手機螢幕。這手機是夏露蒂娜硬塞給我的東西，現在顯示著地圖軟體的畫面。

「該死的大富豪怪盜，還是老樣子如此囂張。竟然會主動把地點告訴我們。」

費多不太高興地如此說著。

地圖軟體上顯示的是地中海的第勒尼安海。在一整片藍色的畫面正中央，有個不斷閃爍的圖標。

那圖標是把夏露蒂娜的臉簡化變形的可愛圖案。

換言之，這是在告訴我們：「夏露就在這裡呦。」

我姑且有在其他地圖上確認過，但那個座標的位置並沒有什麼島嶼。光從這點就能明白，瑞吉蕾芙是一座**從世界的目光中被隱藏的特殊島嶼**。

「接下來要搭船呢。」

莉莉忒雅用手壓著被海風吹拂的秀髮，如此說道。

從機場坐直達車抵達的巴勒摩港充滿海潮的氣味。不曉得是否是我想太多，總覺得這氣味也跟日本有點不一樣。

「搭船……說得也是。」

「朔也大人，請問你是回想起艾麗女王號的事情而感到擔心嗎？害怕可能會沉船之類的。」

「才沒那種、事情！」

不，她說得對。其實我到現在還對搭船抱有恐懼心理。

但是現在也顧不得那麼多了。

在碼頭停泊處可以看到滿滿的都是船隻，到處有強健的船夫們勤奮工作著。

「話說費多，船的問題要怎麼辦？雖然你說交給你包辦，但我認為應該沒有什麼渡輪能夠到瑞吉蕾芙那種地圖上根本不存在的島嶼吧？」

難道牠打算拜託當地漁夫之類的開船送我們過去嗎？

「白痴，怎麼可能帶著一般民眾的船夫去拜訪號稱災禍等級的國際通緝犯啦？」

這麼說也對。

「那要怎麼……」

「就是這樣。」

費多說著，用鼻尖指向一艘全新的小船。

「我已經預先買好一艘船了。就搭這個過去。」

「……買？船嗎？」

「那也沒什麼，只是一艘五噸等級的小漁船而已。」

不愧是英國最強偵探，做事就是不同凡響。

「不過誰來開船？」

「我來！」

對於我的疑問，貝爾卡節奏輕快地回答後，瀟灑上船。

據說她有船舶駕照的樣子。

「畢竟身為一名偵探助手，就應該做好準備能夠隨時對應各式各樣的狀況呀。」

「好好喔！嗚嗚……師父！我也要去考駕照！太、太空火箭駕照之類的！」

「百合羽，妳用不著跟人家競爭啦。」

「那麼，朝西北方出發！」

等所有人都搭上船後，貝爾卡手腳熟練地鬆綁起船繩。

「你，日本人咩？」

就在這時，一名正在打掃隔壁船隻的男性忽然對我搭話。令人意外的是，他講的竟是日文。雖然口音相當奇怪就是了。

「是的，沒錯。」

「醬喔！我，以前住在日本的大阪。你知道大阪咩？」

「這樣啊。你日文講得真好。」

正當我疑惑著他究竟找我有什麼事，他這才總算進入正題：

「你們，等下要出海？」

「我們是這樣打算，請問有什麼問題嗎？」

「是沒啥大問題啦，只是感覺下午開始海上會變天喔。怎麼，你說天氣預報沒講那回事？哎呀，這叫船夫的直覺。」

我忍不住抬頭觀察天色。雖然可以看到零零星星幾朵雲，但完全是個大晴天。

「沒啦～沒啦～聽聽就好。我真正想講的是這邊。小哥你身旁帶了這麼多漂亮美眉，小心不得好死欸！」

船夫說著，豪放大笑起來。

「謝謝你的忠告。不過，我們非去不可。」

「是喔，那就祝你們一路順風啦……但話說回來，你們剛才講說要往西北方去是唄？那途中的海域可要當心欸。尤其寶瓶島附近一帶。」

「請問那裡怎麼了嗎？」

「那區域自古以來就船難事故頻傳哩。畢竟那裡……可是賽蓮的棲息地。」

「賽蓮……？你是講那個，傳說中會用歌聲引誘船隻沉沒的……那個賽蓮嗎？」

我在奇幻類型的電影和遊戲中有聽過這個名字。

賽蓮——講到這個詞的時候，船夫還有點誇大地做出全身發抖的動作。

「我經常聽爺爺說啊。那是好可怕的故事哩。總之，假如你們看見一座小島上有一棟孤零零的大房子，可要充分小心欸。」

沒多久後，出航準備完成，於是小船載著我們風光出港了。我對那位親切的船夫揮揮手，轉頭望向前方海面。

費多站在船首，「往那邊。」地吠叫一聲。

「汪！」

不知為何，連百合羽也跟著叫了一下。

風平浪靜，視野絕佳。

「實在感覺不出來這樣會發生什麼事情啊。更不用說什麼船難事故……應該不可能吧？」

然後——我們的船就這麼回應命運的期待，沉沒啦。

□

中斷的意識再度恢復，我瞬間吐出大量的水，激烈咳嗽起來。

「咳嗯！咳！嗚……？這……這裡是？」

莉莉忒雅就在一旁，探頭看向我的臉。

「朔也大人，你醒來了。」

「嗯……我記得船好像進水……然後……」

「我們勉強逃過了沉船的命運。這裡是在附近發現的一座島。」

「島……」

「似乎是一座小小的孤島。我們好不容易才讓船停靠到這裡來了。」

我的身體躺在一塊平坦的岩石上。

「朔也大人當時從船上摔落到海中。不過最後能夠順利找到你真是太好了。莉莉忒雅可是沿著海岸找了你好久呢。」

激烈的海浪不斷沖打著岩岸。

開始起風了。抬頭可以看到雲的流動速度變得比剛才還快。

「我死了嗎？」

「不，大概是運氣真的很好吧。似乎由於你被海浪沖上岩岸，因而保住了一命。」

「居然得救了……真稀奇。」

這話講得自己都悲哀起來了。

「當時你還有氣息，連為你做人工呼吸的必要都沒有。」

「人工呼吸。」

意思是說假如我當時沒氣，她就會為我做嗎？不過照我的狀況，就算死了也會自己復活過來，所以根本沒必要吧。

「其他人呢？」

「大家都平安無事。現在應該正前往拜訪洋館。」

「洋館？這座島上有人居住？」

「在距離碼頭稍遠的地方可以看到一座宏偉的洋館。由於看起來不像是空宅，所以大家決定前往求助了。」

「求助……」

「因為我們的船底開了洞，就算想修理也需要借工具才行。」

「原來如此。」

「因此我們分頭行動，莉莉忒雅來尋找朔也大人，其他人則去拜訪洋館——以上就是剛才的狀況。」

「謝謝。」

我有點搖搖晃晃地在岩石上站起來。吸飽海水的衣服好沉重。

「不好的預感成真啦。」

果然坐船就是沒好事。

在我們背後是廣大的地中海，眼前則是一大片荒涼的陌生島嶼景象。

地中海。這片美麗海洋自古以來就是各種文明交流與交易的舞臺。拿坡里、馬賽、亞歷山卓——人們毫不畏懼善變的海風所寫下的歷史，深深刻劃在今日猶存的各地沿岸古老都市。

地中海型氣候在夏季少雨而乾燥，對於每年為了颱風與溼氣苦惱的日本人而言可說是極為羨慕的環境。

「朔也大人，你不需要再現學現賣那些今天早上才從旅行雜誌上讀過的內容了。」

「也對，雜誌上都只會寫美好的地方。盡是一堆華麗詞藻，用來引誘那些有錢有閒的人們。」

「天色越來越差了。那位船夫先生的忠告原來是真的呢。」

在莉莉忒雅帶路下，我們爬上一座小山丘，便看見位於稍遠處的房子。那是令人不禁嘆為觀止的三層樓大洋房，而且有兩棟排列在一起。

周圍找不到其他民房，而且隔著那座洋房就能看見另一側的海岸。這裡似乎是相當小的一座島嶼。

「原來如此，雖然感覺相當古老，不過確實是很宏偉的豪宅……嗯？在小島上的大房子……？那該不會……」

「這裡或許就是船夫先生說的寶瓶島了。」

洋館蓋得緊鄰海邊，四周有石牆圍繞。

「莉莉忒雅，妳看。石頭圍牆上畫了很可愛的塗鴉。這裡大概也有小孩子居住吧。」

雖然我看不出來那究竟是粉筆還是蠟筆的痕跡，不過石頭圍牆上有用不太熟練的線條畫著大量的人物、魚類或動物等等圖案。

我們就這麼沿著圍牆外面繞過去，結果看到除了那兩棟大豪宅之外，在稍遠處還有一間小小的屋子。

雖然它看起來多多少少比那兩棟洋館稍微新一點，然而在海風侵蝕下還是顯得斑駁許多。

圍牆有一部分中斷變成拱形的大門，然後從門口有一條簡易的小路沿沙灘通往那棟小屋子。從這點可以推斷，那棟小屋應該也是洋館的一部分，或許是類似別屋的地方。

我就這麼一路觀察，不知不覺間來到了洋館的入口前。

從正面看過去，這棟洋館以中央的入口為起點，宛如張開雙臂似地往左右兩邊延伸。抬頭數了一下有三層樓，屋頂呈現青苔般的深綠色。

正當我停下腳步如此眺望的時候，忽然從前方連續傳來好幾聲照相機的快門聲響。

我走近聲音傳來的方向一看，發現有一名陌生男子爬在石頭圍牆上架著相機。而且是一臺專業級的單眼相機，裝了很誇張的砲管鏡頭。

「呃……請問你是這個家的人嗎？」

我戒慎恐懼地上前搭話。

可是男子瞧也不瞧我一眼，依然看著相機的觀景窗繼續按下快門。

「啥～？你說什麼？」

回應的是一句英文。

「你在做什……你好(Hello)。」

我用日文講到一半立刻停下來，配合對方切換成英文。

「嗨，你好。」

太好啦，對方聽得懂我講話。

由於我從小就被老爸帶出國外好幾次，如果用英文還勉強可以與人溝通。雖然這不表示在學校考試可以獲得好成績就是了。

「請問你在拍什麼？」

「就是那個啊。」

男子用下巴輕輕比了一下洋館的外牆。

「很奇妙對吧～那究竟是什麼啊？好奇怪的裝飾。等一下去問問看好了。」

正如男子所說，仔細一看在外牆途中有形狀很奇怪的物體。

乍看之下應該是鐵製品，有如長槍或魚叉般刺在牆壁上——或者應該說是**尖端從牆壁往外凸出來**才對。

那樣奇怪的物體大量排列在牆上。

「真不曉得那具有什麼意義啊～」

男子說著，似乎已經滿足地放下相機，從牆上跳下來。他穿在腳上的紅色登山靴踏到地面的野草上。

男子雖然身材不高，但晒黑的皮膚與結實的身體看起來非常健康。

「久等啦。我叫哈維，是個攝影家。應該看了就知道吧。」

「攝影家……不是住在這個家的人？」

「很遺憾，並不是。雖然我也希望有一天可以住在這麼大間的房子就是了。話說，你是誰？身旁還帶了個這麼漂亮的女孩子。觀光客嗎……看起來不像。再說，**這裡是跟觀光完全無緣的島嶼**啊。」

「呃，我們來到這裡的理由說來話長。」

「這樣啊。確實啦，誰都會有那樣的時候。哦哦對了，如果要找這裡的人就在屋子裡，可以去拜訪一下。就這樣，掰啦。」

哈維簡短結束對話後，朝我們剛才走過來的方向走去。看來他打算繼續去拍照的樣子。

我們接著走近洋館的玄關大門，發現貝爾卡就站在那裡。

「啊——！太好了～！」

她一看見我，就露出破涕為笑的表情。

「還活著！朔也還活著～！莉莉忒雅，妳順利找到他啦！」

遲了十秒鐘後，費多從微微打開的門後探出頭來。

「別嚷嚷，貝爾卡。那傢伙死也死不了，當然會活著。反而應該慶幸他落海之後能漂流到跟我們同一座島嶼上啊。」

費多還是老樣子，冷靜得很。

「老師，你要碎碎念等一下再說！來吧，你們兩個快進屋子。我們已經有跟這座洋館的人說明過了。」

於是我們穿過大門進入屋內，來到玄關大廳。

大廳左右兩邊分別有一道圓弧形的樓梯通往上層。

中央則是可以看到一臺頗有年代的電梯。就是像電影或電視劇中會出現的那種金屬格子門的類型。

屋內牆壁是沉穩的灰色，雖然到處有老舊破損的痕跡，但不會給人不乾淨的印象。

「哇。」

我就這麼讓視線沿著牆上移動，結果忍不住叫出聲音。

全身倚靠在牆上的女性。往嘴裡灌水的小孩子。在荒野上準備朝不同方向行進的男人們。飛在天上的魚──

是畫作。牆壁上裝飾著各種主題的畫。

被漂漂亮亮裱框起來的畫作有一幅、兩幅、三幅──

「全、全部究竟有幾幅啊？」

那數量多得數不清。

然後在左右兩道樓梯的中間，背對門口正前方的牆上掛著一幅特別異常的畫作。

是一幅長寬好幾公尺的巨大畫作。

「好厲害。」

我不禁如此讚嘆，不過並非因為那個尺寸。我是被畫中的景象給震撼了。在顏色有些深而濁的藍色大海上漂浮著好幾艘小船。海浪用宛如玻璃工藝品般的筆觸表現出來，與其說美麗還不如用奇特形容。

畫的中央有一名膚色白皙的女性，感情難以窺探。因為在她臉上不帶有任何表情，只是睜大著眼睛呆呆望著這裡。

畫中那位女性——恐怕不是人類。畢竟她的下半身並不是人類的雙腳，而是呈現魚的形狀。胸口與腰部的線條則是描繪得莫名豐腴而性感。

那是我從來沒有看過的畫作。

我並不懂什麼油畫啦、抽象畫啦、畫派之類很專業的東西。然而那幅畫讓我感受到某種奇妙的真實感——不，應該說**緊迫感**。

很恐怖——但是不討厭。

「人魚的畫……嗎？」

「賽蓮。」

突然傳來的聲音讓我驚訝得轉過頭去，看到一名女性站在樓梯旁的門前。

她身上穿著一看就知道是女僕的裝扮，褐色的肌膚與犀利的眉型令人印象深刻。大概是西班牙裔的人吧。

「那不是人魚，而是賽蓮。」

「賽蓮……嗎？」

又是賽蓮。之前那位船夫也有說過。

「那是在這附近的海域自古流傳的一種傳說生物。雖然世界上多數的傳聞中，賽蓮被描述為上半身是女性，下半身為鳥類。不過在這個地區的傳說中，賽蓮的下半身則是像魚一樣。而這幅畫據說如實描繪出了那個模樣。是不是很壯麗又充滿暗示性的一幅畫呢？」

女性背對著那幅畫走向我們，流暢地如此說明。一方面也由於她堅定而沉穩的嗓音，簡直就像聽了一段優秀的觀光導覽。

「看來你們順利找到了失蹤的朋友呢，真是太好了。」

她似乎就是住在這個屋子的人，年紀大概二十五歲上下吧。外國女性要從外觀推測年齡有點難啊。

「我叫烏魯絲娜。在這裡擔任幫傭兼家庭教師。」

靠近比較後，可以發現烏魯絲娜小姐的身高跟我差不多，即使穿著寬鬆的女僕裝也能明顯看出傲人的身材。

「我叫追月朔也。」

「關於你們的狀況，我已經聽那位帶著狗狗的女孩子說明過了。聽說你們的船不小心觸了暗礁。這一帶海域有很多那樣的地方，每年都會有好幾艘船沉沒。不過你現在就像這樣得救了，可謂是不幸卻又幸運呢。」

她雖然講話方式恭敬有禮，但態度不會感覺有隔閡，令人印象不錯。幸好讓我們遇上了好人。

「請問你們要修理船隻對不對？在修理好之前，請儘管留在本館內不用客氣。大小姐由我來轉告一聲就可以了。」

「那真是非常感謝……大小姐？」

「就是我的主人，目前正在寢室休息中。想必是由於同時來訪了太多客人，令她精神上有些疲勞吧。」

「呃，突然登門拜訪實在很不好意思。」

我低頭致歉後，烏魯絲娜小姐卻用誇大的動作對我聳聳肩膀。

「不，請不要誤會。我講的客人不是說你們……沒關係，等一下應該就會知道了。總之，請你們放鬆休息。反正這裡的空房間就跟沙灘上的貝殼一樣多。午餐也很快就會準備好了。」

「咦？午餐？太棒啦～！貝爾卡，不要只為了一頓飯就吵鬧得像白痴一樣。啥～但我就是肚子餓得想叫呀。」

一確保了可以暫時落腳的地方，費多與貝爾卡就立刻上演起一如往常的對話。而聽到他們那樣的對話，連我也莫名感覺恢復了平常心。真的很奇妙。

「呵呵呵，這位貝爾卡小姐的特技真是有趣呢。我也會為聰明的狗狗好好準備餐食的。」

烏魯絲娜小姐大概是解讀為**那樣的遊戲**，聽了貝爾卡與費多的對話也沒有感到驚訝或蹙眉。

「這下意外地繞遠路啦，莉莉忒雅。」

「不要緊的。莉莉忒雅自從決定成為朔也大人的助手那天起，早已做好了覺悟。」

「什麼覺悟？」

「當然就是過著驚濤駭浪，充滿愛與動人解謎的日子——的覺悟。」

「……原來妳還記得那句話。」

「莉莉忒雅不會忘記的。」

她說著，彷彿要強調那對色彩鮮明的眼瞳般對我眨了一下眼睛。

「各位的房間安排在二樓。午餐準備好之前就請各位在房間稍候。」

烏魯絲娜小姐用清亮的聲音如此表示，並指向樓梯。

結果在那樓梯上竟站著一隻毛毯妖怪。

「嗚哇！」

我忍不住叫出聲音。

那傢伙頭上蓋著毛毯，雙手也抱著大量毛毯。到底是什麼鬼東西？

毛毯妖怪一見到站在樓下的我，當場用幾乎要滾下來似的速度衝下樓梯。

蓋在頭上的毛毯順勢被掀開，從底下卻冒出了可愛無比的笑臉。

「師父！你還活著！」

「搞什麼，原來是百合羽。我還以為是鬼啊。」

「嗚嗚！那是人家才要對你說的話！師父掉到海裡的時候我還以為這下完蛋了，但真不愧是師父！要說師父是不死之身也一點都不誇張呢！」

「我才不是什麼不死之身。話說回來，這些毛毯是……」

「啊，你說這些毛毯嗎？畢竟去尋找師父的任務讓給了莉莉忒雅小姐，所以我想說至少要幫忙準備床鋪，凸顯一下自己的存在感……」

「妳打算在這裡過夜？」

「咦？難道不是嗎？我還以為大家要來場臉紅心跳的住宿會呢。」

「百合羽小姐說得沒錯，要在今天之內把船修好應該很困難。因此我會為各位準備好各種過夜所需的。」

既然烏魯絲娜小姐都這麼說，那也沒辦法了。

「真是不好意思給妳帶來這麼多麻煩。那麼我們就接受人家的好意，到房間去休息吧。」

我對其他人如此提議的同時不經意看向窗外，不知不覺間開始下起雨來了。

「這下終於要變天啦……」

外面的天空已經徹底被染成一片灰色。

「搞不好真的會有暴風雨來襲呢。」聽到莉莉忒雅這麼說，烏魯絲娜小姐臉上露出嚴肅的表情。

「這種天色實在很稀奇。這裡鮮少會有暴風雨的。是不是去把門窗都關緊比較好呢……」

「這麼說來，哈維先生還在外面走動，沒問題嗎？」

我在意起剛才那位攝影家而隨口提起他的名字，結果烏魯絲娜小姐霎時豎起眉梢。

「原來你已經見過他了？不過放著他別管沒關係的。那個教人傷腦筋的男人。」

「呃，請問他是個什麼人物？」

「只是一名陌生的攝影家。今天早上忽然從別的島上搭漁船的便船來到這裡，說自己在世界各地拍攝大海和島嶼的照片，希望我們讓他在這座寶瓶島上拍照什麼的。」

那是當初在港口的船夫也提過的島名，看來這裡果然就是寶瓶島沒錯。

「就名義上，現在這座寶瓶島是屬於大小姐的私人土地。雖然不算很大就是了。結果那男的突然跑來，像那樣擅自拍照。我不曉得是有什麼稀奇的珊瑚礁還是怎樣，他就一直都那樣不停地到處走走拍拍。叫他離開也不聽，真是不知道該怎麼辦才好呢。你說是不是呀，狗狗？」

如此為我們說明的烏魯絲娜小姐大概為了鎮靜自己的心情而蹲下去，對剛好在那裡的費多開始摸起背來。雖然費多露出很煩的表情，但我決定隨烏魯絲娜小姐高興了。

後來我被帶到位於二樓最邊緣的客房。

「朔也先生就請使用這間房間。」

其他人已經在烏魯絲娜小姐帶路下進入各自的房間，照順序最後輪到我。

「謝謝妳。」

「如果有缺少什麼東西，請儘管跟我說不用客氣。」

「已經很充分啦。」

「那麼，晚點再見。」

就在烏魯絲娜小姐如此說著，轉身準備離去的時候，我看見從她的圍裙口袋掉出了什麼輕飄飄的東西落到地上。

「啊，烏魯絲娜小姐，妳掉東西囉。」

我撿起那東西並叫住她。

她掉的是一片透明塑膠紙……的碎片。

而且還是染成紅色的。

「啊！不好意思！」

烏魯絲娜小姐一發現自己掉東西，便害臊地從我手中接過那片塑膠紙碎片。

「請問那是什麼東西？」

我單純感到在意。

「呃……這個………」

結果她不知為何有點猶豫地扭捏起來，最後把身體靠近我竊聲細語。

吐出的氣息吹在我耳朵上。

「請當成我們兩個人的祕密喔？」

忽然怎麼回事？咦？現在是什麼狀況？

「這個是我從街上買來的裝飾用彩色紙。因為明天是大小姐的生日，所以我想給她一點驚喜，偷偷在製作裝飾。」

「哦哦，原來……」

「今天上午我在自己房間做準備，把彩色紙剪成魚啦、兔子啦、小鳥之類的形狀。我本來想說要把剪剩的碎紙拿去丟掉就塞到口袋裡，結果就這麼忘記了。」

「妳很用心想要討大小姐開心啊。」

「是呀，那當然……我原本祕密計畫明天要把那些東西貼在餐廳的窗戶上，營造一點氣氛。卻沒想到偏偏在這時候有客人來訪……」

「咦？」

「我不是在講你們喔！來，請你看看。這個有紅色、藍色、黃色……五顏六色呢。」

烏魯絲娜小姐把那片小小的紅色塑膠紙拿到一邊的眼前給我看。

「因為是驚喜，所以要保密……是嗎？」

「是的，請你千萬別講出去喔。」

她如此叮嚀我後才把身體遠離，轉身走回一樓去了。

留下來的我不禁在房間門前呆站了一段時間。

「…………大人的香氣。」

這句話忍不住脫口而出。

我到底在講什麼啊？快進房間去吧。

正當我把手放到門把上的時候，忽然在走廊對面房間的門縫看到費多偷偷把臉探出來。

四目相交的瞬間，牠立刻把門關上。

從什麼時候被看到的！

雖然沒做什麼虧心事，我卻莫名感到丟臉起來。

於是我飛也似地逃進了自己房間。

「哦，好大間。」

房間比想像中還要大，讓我不禁感到驚訝。看起來足足有六坪左右吧。

房門是用簡易門閂上鎖的類型。雖然門上有鑰匙孔，應該也能從外側上鎖，不過烏魯絲娜小姐沒有給我鑰匙，表示平常大概不會用吧。

眼前可以看到的家具頂多就是床鋪跟空櫃子。房間中央微微偏左側的位置有根柱子，形成一種時髦的裝飾。

柱子旁的小平臺上有個古色古香的電話。

我默默拿起話筒，按下211。待接聲音立刻響起。

不久後，對方接起電話。通話開始了。

『請問是哪位？』

「追月朔也在我手上。如果想讓他平安回去，今後就稍微對朔也講話溫柔一點。」

『……請問有交涉的餘地嗎？』

「妳、妳那麼不願意嗎？既然這樣就退讓一百步，為了慰勞平日勞務繁多的追月朔也，妳務必將講話時的語尾改成『哈咪』——」

『簡直不像話。交涉決裂。』

「等、等等，再稍微談談——」

通話當場被掛斷。

雖然最後雙方立場好像顛倒了，但總之如此一來可以確認這是房間之間聯絡用的內線電話。

得到確認是好事，但總覺得付出的代價似乎太大了。

我重新觀察房間的室內裝飾。地板是傳統的木板裝潢，上面鋪有厚地毯。牆壁顏色統一是令人看了心情平靜的綠色。

假如光這樣形容，或許給人的印象就是一間很普通的『西洋豪宅的房間』。然而有一部分不能不提的構造，或者說設計別具品味。

左側的牆壁上有一扇窗戶，竟是西洋式房間極少見的圓窗。直徑約一公尺，雖然有透明玻璃，但完全封死而無法開闔。

「這是……哦哦！」

我一開始還以為窗戶另一側是別的房間，不過實際探頭一看卻發現是牆壁的一部分配合窗戶形狀往外凹了五十公分。

話雖如此，但如果只是這樣應該也不至於讓我叫出聲音。

「月亮……」

深處的牆上掛著一幅月亮的畫作。

跟裝飾在玄關大廳的那些畫有點不太一樣，構圖相當簡單。

可是卻又不能說它平凡無奇。

因為那月亮被畫成橘色。

而且背景又是大紫色，配色上相當大膽。

「這就是所謂的藝術……嗎？」

很抱歉我沒什麼眼光，看得不是很懂。

那幅月亮的畫也沒特別裱框，讓畫布完全露在外面。

或許這個牆壁凹陷的空間本身就是它的裱框吧。

居然會在客房特地安排這樣別具品味的設計，這難道也是一種對客人的招待精神？

「其他房間也是這種感覺嗎？」

在烏魯絲娜小姐的好心安排下，我們每個人各自都分配到一間房間。

我是位於北邊的角落房間210號房。左邊的211號房就是剛才撥電話的對象莉莉忒雅。走廊對面的209號房是貝爾卡與費多，然後他們左邊的208號房則是百合羽。

一般住家的房間應該不會像這樣編號碼才對。這裡搞不好原本是什麼飯店之類的設施。

房門對面的牆壁有一扇拉上窗簾的窗戶。我從窗簾縫隙看向外面，發現是另一棟房子近在眼前。那邊的房間感覺沒有人住的樣子。

烏魯絲娜小姐說這裡的房間多到有剩，其實完全不是誇大比喻。明明有這麼多的房間，被招待進來的這間房間卻沒有布滿灰塵的感覺。可見從平時就打掃得非常徹底。

「烏魯絲娜小姐真是個勤奮的人啊。」

就在我如此感到欽佩的時候，忽然傳來敲門聲。於是我開門一看，是莉莉忒雅站在門外。

「打擾了…………………………………………哈咪。」

「咦？」

「啥？」

她瞪了我一眼。

這是她努力為我特別服務了一下，嗎？

總之，我讓助手進到房間。

「果然這邊房間的構造也是一樣。」

莉莉忒雅就像在掩飾自己失言造成的動搖般，觀察房間內部。

「妳那間也是這樣啊。真是奇特的房間。」

「我房間的牆壁是粉紅色。窗戶也一樣，掛在裡面的畫同樣是月亮，只不過顏色是白色，而且形狀是蛾眉月。」

「原來每個房間的月亮種類不同啊。會不會是按照房間表現出十五天晚上的月亮圓缺？」

「房間數量遠比十五還要多，所以就算分配到一樣的形狀或許也會隨機換成別的顏色吧。不管怎麼說，真是饒富趣味的安排。」

「至於這個圓窗……該說是日西合璧嗎？我聽說國外……尤其在歐洲的藝術愛好者之中也有很多人喜歡日本的藝術和文化，或許就是那類的設計吧。」

「藝術愛好者，嗎？」

「難道不是嗎？妳看看剛才玄關大廳那些大量的畫作！」

假如那樣還跟我說對藝術方面沒有興趣，我才感到驚訝呢。

「朔也大人，從那些畫作推測起來，這房子的主人應該……」

「應該怎樣？」

「沒事，話說回來，這座島似乎收不到手機訊號的樣子。我本來想查一下氣象情報的……」

「哦哦，我剛剛也拿手機確認了一下，真的收不到。」

我說著，把手機丟到床上。我被拋到海中的時候，由於重要行李都收在旅行箱中，倖免了手機泡水或遺失的命運。但既然沒辦法上網也通不了電話，手機終究是無用武之地。

「等一下問問看烏魯絲娜小姐可不可以借用電視或收音機吧。」

就在這時，又傳來敲門聲。

於是我把臉靠近門邊，對另一側的人問道：

「現在幾點？」

「下午一點。」是貝爾卡的聲音。

「現在集點？」

「就說是一點了呀。快點開門啦。」

喂，暗號到哪兒去了？

我打開門，結果貝爾卡、費多甚至連百合羽都一起走進房間。

「嗨，朔也。我總覺得靜不下心，就跑來了。」

貝爾卡臉上帶著莫名不安的表情。

「怎麼？這棟洋館的氣氛讓妳害怕了？」

「NO，你可別太小看我這勇敢的偵探助手。」

「哦，這樣。對了，貝爾卡，還有費多也是，雖然感覺講得有點太晚了，不過真的很抱歉。」

「咦？這是在道什麼歉？老師聽得出來嗎？誰曉得？應該是他在妳臉上偷偷畫了個海參的塗鴉吧？咦！什麼時候畫的！騙妳的。老師！」

「呃不，就是那個……害你們被捲入這麼辛苦的一趟旅行啊。」

「搞什麼，原來在講這種事。你真的是，如今還在講這什麼話啦！朔也！」

我說著低頭致歉，結果貝爾卡就像跟我嬉鬧似地撲到我背上。

「你也太見外了吧！我們不是朋友嗎？」

「貝爾卡……謝謝。」

雖然她的行動讓我感到驚訝，不過那開朗的個性也讓我的心情稍微沒那麼沉重了。

「哼，我是不記得有跟你交朋友，但既然要幫忙就幫到底吧。」

費多吐了一下舌頭。

「總之，稍微歇一口氣之後就要來修理咱們的船啦。希望明天早上可以出

發——但恐怕沒辦法那麼樂觀吧。」

「就費多來看，那艘船的狀況如何？」

「很難說。也不是修不好，但可能要花上一點時間。」

「就是說呀，師父！船底開了個好大的洞，讓水『噗唰——！』地冒出來！人家那時候都忍不住大叫出來了。鐵達尼號！啊哇呀！嘶哇呀！的呢！」

百合羽張開雙臂向我主張當時的情景。或許她想表現自己那時候有多害怕吧，但卻也莫名有種從容的感覺。

「雖然我也是差點小命不保啦，不過聽起來大家都同樣經歷了一場災難啊。這趟瑞吉蕾芙之行還真是困難重重。」

我就像要重新確認我們的目的地般如此講出口。

「……總不會這場意外事故也是夏露蒂娜靠她的財力引起的吧？」

雖然我是抱著開開玩笑的意思，但卻沒有人願意捧場笑一笑。

□

後來等待不到三十分鐘，我們就被招待到了用餐的地方。

那是一間西洋式餐廳……不，房間面積幾乎可以說是一間大廳。中央擺有一張大餐桌，上面鋪了看起來使用過一段歲月的桌巾。

桌上已經擺了幾道料理，道道都是義大利的鄉土料理……應該啦。

「呃……」

就在我準備說些什麼的瞬間，屋外忽然「轟！」地颳起強風。

餐桌邊坐著四位比我們先來到這裡的人物。

三男一女，坐在面朝餐桌右邊的座位。

「搞什麼，老夫聽說來了一群漂流客，結果竟然是小孩子。」

首先發言的是坐在最前面的一名初老男性。散發出的氛圍有如西洋紳士，戴著一副圓框眼鏡相當適合他給人的印象。

有一把別致的拐杖靠在座位旁的牆上，或許就是他的東西吧。

「而且居然還帶狗？老夫最討厭的就是辛辣料理跟狗了。」

才初次見面就講話如此不客氣。

貝爾卡雖然露出很不高興的表情瞪向對方，不過身為當事犬的費多倒是一副覺得「好像有隻人類在亂吠什麼」似的，完全不以為意。

「不好意思，突然來打擾了。我叫追月朔也。」

「……伊凡・柴伐蒂尼。」

男人瞧也不瞧我一眼，如此報上名字。

「追月？這名字我好像在哪兒聽過！」

遲了一拍後對我的姓氏如此做出反應的，是坐在伊凡旁邊一名年約三十五歲上下、身穿西裝的瘦男子。

一頭金髮往後梳，儀容整齊清潔。

「我記得日本好像有位偵探就叫那個名字！呃不，還是小說中的登場人物？」

不過他講話的語氣莫名精神洋溢，簡直就像個舞臺演員。

伊凡一臉無奈地對那男子說道：

「萊爾，又在講你喜歡的偵探小說嗎？傷腦筋。」

「也不到喜歡的程度啦，爸！然後呢，朔也，真相如何？」

「家父只是個單純喜歡到處流浪的廢柴而已。實質上是個無業遊民啦。」

雖然要把關於老爸以及我們的事情老實講出來也是可以，但想想我們這趟旅行的目的，總覺得還是不要隨便公開身分比較好。

「我們正在參加畢業旅行的途中。對吧？」

「沒、沒錯沒錯！大家是朋友！schoolmate！」

貝爾卡趕緊迎合我如此表示。

「原來是一群學生啊！太棒了。戀愛啊！青春啊！我叫萊爾．柴伐蒂尼！」

金髮男子很誇張地稱讚我們一番後，又節奏輕快地報上自己名字，對我們伸出右手。

「請多指教。」

我對這種外國式的誇大表現有點不知所措，跟萊爾握手後，我們便在他的招待下各自坐到那些人對面的座位上。

萊爾似乎是伊凡的兒子，但兩人感覺不太像。或者歸根究柢地說起來——

「我媽是義大利出生的。然後跟爸是留學時代在美國相遇，談了一場大戀愛！對吧，爸？」

「萊爾，不要戲弄父親。」

伊凡瞪了兒子一眼。

原來如此。怪不得這對父子的風貌看起來差那麼多。

正當我如此觀察著對方時，忽然注意到一件事。

就像我在觀察他們一樣，對方也同時在觀察我們。這點從對方的視線就能看出來。不過這也是當然的。畢竟是來自東洋的少年還有帶著狗的英國少女突然跑到這樣一座孤島上嘛。

「聽說你們是因為搭的船故障而漂流到這裡來的？那可請節哀啦。不過假如有什麼我可以幫上忙的事情，就儘管……好漂亮！」

萊爾態度輕鬆地跟我們聊起來，不過從途中開始他的視線就毫不掩飾地注視著一個方向。

「……嗚欸？你、你說我嗎？」

我才想說他究竟在看誰，原來對象是百合羽。

「太驚訝了！我做這工作已經看膩了各種美麗寶石，本來很有自信看到大部分的東西都不會被吸引目光的說！」

「工作？」

「沒錯，我是個微不足道的寶石商人！」

「寶石商人……嗎？」

聽到他這句話，我忍不住看著自己的手。

「沒想到原來在東洋還隱藏著像妳這般美妙的寶石！多麼有神祕感的一雙眼睛啊！」

「神、神祕……？」

被萊爾用如此直接的話語不斷稱讚的百合羽，卻在桌底下拚命捏著我的袖子。或許她不習慣被人這麼直率地讚美吧。

「喂，真虧你敢當著妻子面前如此公然搭訕別的女性。這個沒節操的男人。再說，對方還是個小孩子呀。」

用一臉傻眼的表情這麼出面制止的，是坐在萊爾左邊的女性。她身上穿著一件胸襟敞開的女性襯衫，外面披著對襟毛衣。也許是染過色的一頭黑髮充滿異國情調。左手無名指上戴著閃閃發亮的豪華戒指。

「卡蒂亞，我只是想逗妳吃醋一下而已！原諒我吧！」

萊爾和這位卡蒂亞看來是一對夫妻。

「身為兒子，很高興看到你們無論何時何地都這麼恩愛啦。」

最後發言的，是坐在最深處座位的少年。年紀應該十六、七歲左右。一頭柔順的頭髮用梳子梳得服服貼貼，眼睛部分長得跟母親很像。

他圍在脖子的橘色領巾讓人印象深刻。

「話說回來，居然會有客人到這種地方來。哦哦，我並沒有要趕你們走的意思喔？各位來自異國的朋友，想留下來多久就儘管留吧。」

「德米特里，你太失禮了！我不是一直叫你要懂得為對方著想嗎？你就是因為這樣才會在學校創下朋友零個人的紀錄！」

「我才沒有創下那種紀錄啊，爸。」

看來這位少年是萊爾和卡蒂亞的兒子，名叫德米特里。眼睛之類的地方跟母親很像，但是跟萊爾的長相卻差很多，令人有點在意。

不知是正值叛逆期還是平常都這個調調，德米特里的言行中毫不掩飾帶有嘲諷的感覺。

祖父伊凡、他的兒子萊爾、萊爾的妻子卡蒂亞，以及那兩人的兒子德米特里。我們就這麼被招待到柴伐蒂尼一家人的餐桌上了。

「我說，應該可以開動了吧？」

或許對調侃我們感到膩了，德米特里接著一副等得不太耐煩地把手伸向眼前的盤子。

「請稍待一下，大小姐還沒……」

就在烏魯絲娜小姐想要開口制止的時候，餐廳門緩緩打開。

「不好意思，我來晚了！」

出現在門前的是一名嬌小的少女。也許是從自己房間急忙趕來的緣故，她的氣息有點喘，臉頰還帶著幾分紅暈。

原來如此，這女孩就是烏魯絲娜小姐口中說的大小姐。

年齡大概十五或十六歲左右。臉蛋雖然多少有點稚氣未消的感覺，不過五官精緻得令人驚訝。

細瘦的身上穿的女性襯衫雖然樸素，不過散發出一種代代相傳下來的古典別致感。

長而纖細的一頭秀髮綁得很優美，簡直就像藝術品一樣。

「來，大小姐，這邊請。」

烏魯絲娜小姐將那位大小姐推到餐桌邊。

沒錯——這位大小姐坐在一張輪椅上。

少女的雙腳覆蓋在一條長裙底下，顯得很秀氣。

「咦？啊、啊、等等，烏魯絲娜。有好多不認識的人！」

「是的，沒錯。來，請上座吧。」

大小姐抵達自己的座位前，就靠雙手從輪椅移動到餐桌的首席座位上。動作相當熟練。

「露西歐菈大小姐，只要您講一聲，我就會幫忙的說。」

「露不是一直跟妳說了。這點小事露可以自己來。」

「啊啊……屬下希望每天抱抱大小姐，感受一下您體重與體型上細微的變化呀。」

「不要感受那種事！」

那兩人之間如此輕鬆鬥嘴著。雖然說她們實際上講的是義大利文，所以我只是從氣氛上大概感受出交談內容罷了。

不過從她們這段對話聽起來，大小姐的輪椅生活似乎並非暫時性的。

「然後呢？呃，這些人是誰？」

「如您所見，今天似乎很稀奇地要颳起暴風雨的樣子。因此為了不要讓大小姐感到害怕，這麼多人來家裡陪伴您呢。」

「真的嗎！要辦派對？可是人家不認識喔？」

當然，烏魯絲娜小姐講的話都是騙人的。相對地，這位大小姐不曉得是把她的話當真，還是懂得配合演出，捧場笑一笑而已。不過就我看起來，她好像很開心的樣子。

「我叫追月朔也，是從日本來的。這下就不是不認識的人了吧？」

見到她這般惹人憐愛的模樣，我不知不覺就從座位上站起來如此問好。

不過連我自己都覺得，這樣會不會太裝模作樣啦？

正當我這麼想的同時，莉莉忒雅從旁邊座位對我竊聲說道：

「你在裝帥呀，朔也大人。」

一下就被她看穿了。然而莉莉忒雅的表情帶有好意，甚至可以說看起來很開心的樣子。

「我叫莉莉忒雅，還請原諒我們唐突來訪。本來我們要搭船前往別的地方，但途中遭遇船難，因此在不得已下前來這裡求助了。」

就在我內心默默感受著一份小小的感動時，莉莉忒雅很圓滑地如此完成了自我介紹。

接著百合羽和貝爾卡也跟著簡單自介。

聽了這些話後，大小姐也很有禮貌地自我介紹起來。

「各、各位初次見面。很感謝大家來到我家。」

由於我們講的是英文，大小姐也用英文對應。雖然她講的英文聽起來跟我一樣不太流利，不過那有點結結巴巴的講話方式反而更強調出她的可愛。

「露的名字……不對，我的名字叫露西歐菈・德・西卡。請叫我露就可以了，拜託。」

大小姐露西歐菈的這段問候中流露出對於突然來訪的客人感到不安與期待，再加上害臊的感覺，實在惹人憐愛。

「德・西卡？咦？」

我聽到這個姓氏，反射性地發出聲音。

「姓氏不一樣啊。」

明明眼前以伊凡為首的這家人說過他們姓柴伐蒂尼地說。

「哦哦，關於這點剛才還沒說明過啊！我們一家人其實跟住在這棟房子的家族是遠親啦！」

「是啊，為了探訪親戚，還千里迢迢跑到這座什麼也沒有的孤島上。」

接在萊爾之後，德米特里如此說道。

「再說，這點從臉型就可以看出來了吧？那位大小姐是義大利血統，而我是俄羅斯血統啊。」

聽他這麼說確實沒錯。

「我是義大利和俄羅斯的混血兒。因此我兒子也繼承了兩邊民族的血統。」卡蒂亞如此表示。

「原來是這樣。真是國際色彩豐富的一家人。」

我雖然嘴上這麼回應，但其實搞不太清楚。畢竟我遊歷世界的經驗還沒豐富到光看一眼就能從外國人的臉型判斷出對方有什麼國家什麼民族血統的程度。

「咦？那露的其他家人呢？」

貝爾卡提出這樣一項單純的疑問。話說她已經用暱稱在稱呼露西歐菈了。

「七歲以前，露和父親大人與母親大人一起住在澳洲的鄉下。雖然母親大人是再婚，不過感覺很幸福。就這樣，那兩人在露還小的時候就去世了。」

露西歐菈毫不遲疑地講出這種事，讓我們霎時間不知如何反應才好。

「是一場車禍。就在有一天早上，他們忽然從露身邊不見了。從那天早上之後，露失去了家，變得無處可歸。祖父大人覺得不忍心，就把露接到這裡來住了。」

她彷彿在描述昨天看過的電影情節一樣，語氣平淡地把自己過去的人生講給我們聽。

「可是就在今年剛開始的時候，祖父大人也過世了。所以現在只有露和烏魯絲娜，兩個人一起生活。」

「啊……原來是這樣。我……總覺得很不好意思……對不起。」

聽到這樣敏感的回答，貝爾卡消沉地縮起肩膀。

「請問這麼大間的房子只有兩個人住嗎？島上都沒有住其他人？」

「這座寶瓶島上並沒有其他居民。」

烏魯絲娜小姐如此回答百合羽的問題。

「在白天還很亮的時候看看島上應該就能一目了然。這地方只有這座洋房、田埔以及小小的牧場而已。」

「請問不會感到不方便嗎？」

「感謝妳的關心。不過島上有私人船隻，而我也有船舶駕照。只要每個月去一趟巴勒摩採買東西，生活上並不會有什麼困難。如果只是我和大小姐兩個人平靜度日。」

原來如此，世界上也有這樣的生活方式啊。

「言歸正傳，既然人都到齊了，就請各位享用這頓簡樸的午餐吧。」

再等下去料理都會涼掉了——烏魯絲娜小姐如此表示。那確實是個大問題。

然而聽到她說人都到齊了，我這才想起一件事。

「這麼說來，不用叫哈維先生來吃飯嗎？」

「不用管他。用餐時間已經有事先告知過他了。可是既然他還到處亂逛不回來，就表示他不想吃飯吧。」

烏魯絲娜小姐還真的很討厭那個人啊。

不過我也沒有義務要為了那個叫哈維的男人繼續多講什麼。而且我確實也已經肚子空空，餓到極限了。

「那麼就不客氣啦。我要開動了。」

我對著料理雙手合掌，結果除了百合羽和莉莉忒雅之外的所有人都用感到稀奇的眼神看過來。他們大概是第一次見到**日本式**的餐桌禮儀吧。

「我要開動了！」

「那我也要！我要開動了！」

接在百合羽之後，貝爾卡也有樣學樣地模仿起來了。

第二章 應該要對我再好一點才行

用完餐後，我們立刻準備前往島上的小碼頭。當然，就是為了動工修理我們的船隻。

然而這個計畫卻沒能實現。因為當我們要出去時，整座島已經被暴風雨籠罩，實在不是能夠修理船隻的狀況。

結果到頭來，只能觀望天氣變化的我們無事可做，就在洋館一樓的交誼廳消磨時間。

柴伐蒂尼一家人則是吃完飯後就很快各自回房去了。

萊爾、卡蒂亞與德米特里親子分別住在二樓南側的房間。

唯獨伊凡是住在一樓面朝中庭的111號房。據說是因為他膝蓋不好，所以露西歐菈好心表示讓他住在移動方便的一樓房間會比較好。

時間是下午五點。雖然離太陽沉落還很早，不過屋外已經一片漆黑。

我們坐在沙發上各自休息著。

交誼廳牆上有個相當有年代的大型掛鐘。從它鐘擺還在動的樣子看起來，似乎依然有在使用的樣子。

「烏魯絲娜小姐的料理真是好吃呀。」

如此表示的貝爾卡剛才確實吃了很多。

「不然妳也去學學怎麼做菜如何？等等、老師，這是說我平常做的料理不好吃的意思嗎？太過分了。難道你還在記恨之前我只是稍微偷懶一下用狗飼料打發你的那件事？」

費多與貝爾卡一如往常的對話又開始了。

「真的好神奇呢。竟然可以和狗狗交談。」

百合羽再度表現出深感驚訝與佩服的態度。

「話雖如此，但我其實也只聽得懂老師講的話。跟其他狗就沒辦法這樣了。」

「就算這樣也很厲害啦！好羨慕喔！不過話說，妳是從什麼時候開始聽懂的？」

「嗯～我是跟老師認識之後，一起生活的過程中不知不覺聽懂的。剛開始我還以為是自己想太多，結果不是那樣。多虧如此，我現在才能像這樣生活。」

貝爾卡的眼神忽然搖曳了一下。感覺那是背負了某種過去的人才會流露出的眼神。

「要是沒有老師，我那時候早就……喂，貝爾卡，別再提那段都已經快發霉的陳年往事。讓人鬱悶。」

如此從途中打斷貝爾卡講話的正是費多。

「……嗯。」

貝爾卡也乖乖點頭，全身靠到沙發椅背上。

現場則是有另一雙眼睛流露出比百合羽還要感到羨慕的神情注視著那樣的貝爾卡。

是露西歐菈。她雖然吃完飯後曾一度坐著輪椅從餐廳離開，但似乎又跑回來了。用一副扭扭捏捏的感覺看著我們的方向。

「啊，露！妳過來吧！」

貝爾卡這麼對露西歐菈招招手，結果露西歐菈馬上「嘩！」地綻放開心的表情靠近過來。真是可愛。

「呃……那個、好讓人驚訝。居然可以跟動物講話，貝爾卡，好棒。」

「咦、咦～？很棒？是這樣嗎～？」

「Sì（嗯）。跟圖畫書中的人物……好像。」

「圖畫書！嘿，聽到了嗎？老師你聽到了嗎？小姑娘，我勸妳讀些稍微再像樣一點的圖畫書會比較好。喂，老師壞壞！不可以講那麼過分的話！」

「原來這個世界，真的無奇不有呢。」

露西歐菈看起來極為感動。怎麼會有如此純真的女孩啊。

這個世界的確是無奇不有，但我覺得能夠跟狗講話的人類恐怕沒有第二個了。

「沒錯，真的無奇不有，到處都是令人愉快的傢伙們。舉例來說，像是不管怎麼用刀砍用火燒都能復活過來，簡直有如喪屍的傢伙。你說是不是啊，朔也？」

「哈哈哈，費多！不可以這樣嚇人家大小姐啦。」

「朔，喪屍……你有經驗？看過？」

「沒有沒有！話說，『朔』是在講我？」

「朔就是朔。」

總覺得這陣子以來我好像忽然增加了很多各式各樣的綽號。不過被大小姐那樣稱呼其實感覺也不壞。

「當然，妳叫我朔就可以囉。不過話說回來，露，妳都不會離開這座島到外面去嗎？例如去旅行之類的。」

我感到好奇而如此詢問，結果她露出有點傷腦筋的表情搖搖頭。

「露已經一直都是這樣的腳，所以……」

她說著，從長裙上摸摸自己的大腿。

這暗示著她沒有辦法走動的意思。

「不過，沒有傷害。沒關係。露很喜歡祖父大人留下來的這座島。」

據說她現在也沒有像以前一樣去學校上課了。不過課業方面都有烏魯絲娜小姐在教導她，所以並沒有什麼問題的樣子。

露西歐菈大概感受出現場氣氛變得有點低沉，結果害臊說道：

「呃，要不要……到房間來？」

「露的房間？」

「呃、嗯……不要嗎？」

她那雙緊緊抓住裙子的小手令人印象深刻。想想她是在那樣緊張的心情中鼓起勇氣向大家如此提議，就讓人心中頓時湧出像是保護慾的感情。

「去！我們當然去囉！對吧，師父！」

以百合羽為首，在場的大家也都對這項提議很起勁，便卻之不恭了。

露西歐菈的房間似乎位於一樓北側，於是我們一行人浩浩蕩蕩走出交誼廳。從這裡只要穿過玄關大廳，再沿走廊直直走就可以。

話雖如此，但實際走起來還是有一段距離。

露西歐菈自己用手勤奮地轉動著輪椅。我瞧著她頭上可愛的髮旋思考了一段時間，最後決定開口表示：

「我幫妳推吧。」

我說著，握住輪椅的把手。

「謝……謝你。」

露西歐菈雖然頓時困惑一下，不過很快就把輪椅的操控交給了我。像這種很敏感的提議有時候反而會讓當事人感到雞婆，因此我剛剛才會感到有點猶豫，不過看來決定開口是對的。

「妳這輪椅真的好漂亮呢！」

或許以此為契機，百合羽指著露西歐菈的輪椅這麼說道。

「Sì，這是祖父大人以前為露設計的。」

大概是如此直率的稱讚讓露西歐菈感到很高興吧，她有些害臊地摸一摸輪椅的扶手。

「真有品味。好可愛。」

確實，露西歐菈坐的這張輪椅跟一般在醫療現場會看到的類型不太一樣，明顯是訂製品。

造型尤其精緻的部分正是她現在摸的扶手。薄而平滑的板子呈現優美的曲線。不知道是用什麼素材做的？

在座位側面還有小小的口袋。

我稍微問了一下那裡面裝什麼，結果她說出了「花的種子和螺絲之類」這樣有趣的答案。

或許這位居住在孤島上的少女，平常都會把自己寶貝的東西裝在裡面隨身攜帶吧。

嗯，總之她的一切都如此可愛。

「啊，那裡，那就是露的房間……喔。」

露西歐菈「嘿嘿」地露出靦腆的笑容，伸手指向前方。

「那裡嗎？好～」

「咦？咦？」

「抓緊囉！」

我有點得意忘形地加快推輪椅的速度。

「呀！好快！」

初次體驗的速度讓露西歐菈發出了開心的尖叫聲。

「雖、雖然沒什麼東西……請進吧……」

露西歐菈打開門，招待我們進入房間內。

她的房間位於一樓北側，房內相當樸素。

看來她即便是這座洋館的大小姐，但並不表示住的房間就極盡奢侈華麗。

雖然沒有那扇圓窗與月亮的畫，不過房間面積跟其他客房也沒相差多少。

小小的床與桌子，牆邊有個草綠色的可愛衣櫃。

房間深處有一扇窗，可以從正中央往外左右推開，是極為典型的西洋式窗戶。窗外可以看到外面那道石頭圍牆。

在圍牆前有一塊庭院，種了薔薇與薰衣草之類的花。

「哇！好可愛的庭院！」

首先跑到窗邊讚嘆那片景象的是貝爾卡。原來她意外地也會做出這樣像個小女孩的反應。

「花朵……平常都是露在**餵水**的。」

露西歐菈很可愛地用雙手做出澆花的動作。

「要不是因為暴風雨，露就帶各位去參觀了。庭院。」

「這樣喔，那真是可惜。啊，安全起見，窗戶我幫妳鎖上囉。」

貝爾卡指著窗戶正中央的門鎖如此表示。確實因為颳強風的緣故，窗戶一直喀噠喀噠地震動，還是姑且鎖起來比較安心。

由於那個門的位置有點高度，坐輪椅的露西歐菈就算把手伸長也搆不到。貝爾卡大概就是顧慮到這點才主動提議的。

「謝謝，畢竟平常都不會上鎖的。」

原來如此。我才想說門鎖的位置那麼高，她平常到底是怎麼鎖窗戶的。原來是這麼一回事。

「的確，這座島根本和小偷無緣啊。就算坐船來偷東西，搞不好交通費還比偷到的東西貴。」

「用游的就不用錢囉。不過假如真的有那樣的小偷先生，與其說惡徒還不如說是好事之徒呢……嘿。」

露西歐菈小聲回應我講的笑話。

「擅長游泳的小偷先生……去當奧運選手還比較好……沒有，講講而已……嘿嘿。」

話說回來，她的臉……該怎麼說？從剛才就一直在傻笑。

然而對於那樣的露西歐菈，莉莉忒雅卻毫不留情地提出疑問：

「露西歐菈大人，恕我失禮。請問妳該不會是第一次招待別人到自己房間來的？」

「哈嗚啊！」

露西歐菈頓時大受打擊似地表情僵硬起來。

「畢竟妳看起來對於招待別人進房間之前的打掃整理似乎不太熟悉，而且感覺相當興奮的樣子。」

「莉莉忒雅！不是只要感到在意就什麼事情都可以提出來問啊！妳看看露！她這不是被點中要害，受了致命傷嗎！」

「噫嗚！」

「實、實在非常抱歉。是我顧慮不周。」

這下連莉莉忒雅也難得表現出慌張動搖的模樣。

「朔也你也是，別再說下去了。小姑娘都奄奄一息啦。」

費多說得沒錯，露西歐菈滿臉通紅地眼眶含著淚光。

「才、才不是……露才不是沒有朋友(amico)。」

「沒錯沒錯！妳有朋友！我們也都是妳的朋友啦！」

「真的……？朋友(amico)？」

「當然是真的！我和費多老師也是！amico、amico！」

「amico！好開心！」

要讓大小姐破涕為笑意外地簡單。

她雖然說過自己喜歡這座島，然而對於這個年紀的女孩子來說，在這裡的生活想必還是充滿孤獨吧——有這樣的想法，會不會是都市居民的一種傲慢心態？

「嗯？這照片是……」

我這時不經意看到擺在桌上的照片。映在上面的是個駝背的老人以及坐在椅子上的年幼少女。

上面還寫有日期，是大約五年前的照片。

在雖然樸素但有品味的相框中，那兩人開心地帶著微笑。

「這個人該不會是……」

「Sì，就是已經過世的祖父大人。」

露西歐菈並沒有特別表現得感傷，語氣開朗地回答。

相框旁邊放有鮮豔的珊瑚裝飾品，為這間樸素的房間增添些許色彩。

「哦？那麼坐在椅子上的就是露囉？」

貝爾卡也興致勃勃地探頭看向照片。然而，她的表情很快就蒙上了陰影。

我能理解她的心情。畢竟椅子上那個年幼的露西歐菈……的腳，令人看了有點震驚。

照片中小時候的露西歐菈，雙腳從大腿途中以下的部分左右相連成了一體。連在一起的腳到了腳踝部分又稍微分離，腳尖像普通的兩隻腳一樣左右分開。那模樣看起來簡直像是魚的尾鰭。

「Sirenomelia 啊。」

費多不帶任何特別的感情，小聲如此說道。

「又被稱作美人魚綜合症。」

這個稱呼我就有印象了。

我記得在書上讀過，那是一種非常罕見的先天性畸形。

以前我認為既然要當個偵探，最起碼也要讀過一本什麼艱深的書籍，結果挑戰醫學書才一天就放棄投降了。現在想想也真好笑。

「露從出生的時候就是這樣了。可是別人看見都會被嚇到。甚至會恐怖……會害怕露。」

露西歐菈帶著傷腦筋的笑臉，從裙子上輕輕拍了一下自己的膝蓋。

我本來還猜測她是不是出過什麼意外事故變得無法走動地說。

感覺在出其不意下，讓我看到了她所背負的十字架。

「小露……」

百合羽彎下腳，把自己的手疊在露西歐菈的手上。

想必由於與生俱來的那雙腳，讓露西歐菈放棄了許許多多的事情。像是出門遊歷，在山野或街上奔跑，或是招待朋友到自己房間玩。

比起居住在孤島上的生活，這點肯定更加拘束了她的人生。

「一點都不可怕。」

「……朔？」

「才不可怕。露，妳還太天真了。我好歹是個偵探，至今看過了各種恐怖的東西。事到如今光是妳的腳，根本嚇不了我。」

「不可怕？完全？」

「完全。」

「是這樣……呀。」

露西歐菈臉上露出彷彿吃了什麼酸甜果子的表情，摸摸自己的耳垂。

「……咦？話說你原來是偵探先生嗎？」

啊，這麼說來我還沒告訴過她啊。

「其實就是這樣。雖然還只是個菜鳥啦。」

「原……原來是這樣。」

她睜大眼睛抬頭望著我。

「怎、怎麼啦？」

「好驚訝……原來真的有偵探。這個世界真的，無奇不有……」

後來，我們就在露西歐菈的房間天南地北地聊著。

對於露西歐菈，我有了幾項新的發現。

她年齡是十五歲。不愛吃青花菜。喜歡歌曲音樂，也會稍微彈一點鋼琴。

「費多老師，可以摸摸你嗎？接觸。」

還有，她很喜歡動物。

「那當然！對吧，老師？」

她坐在輪椅上拚命伸手撫摸費多鼻頭的模樣實在惹人憐愛。

關於我們這次旅行的目的，我決定也瞞著露西歐菈了。

一行人打算要去跟最初的七人（Seven Old Men）交手對峙這種恐怖的事情，沒有必要講給這女孩聽。

「哦？老師難得看起來這麼舒服。露，妳很有天分喔！咳，大概排在我後面。」

「真的？真實？嘿嘿，因為露平常總是在觀察島上的動物們。」

露西歐菈小小的臉蛋羞澀泛紅，最後「呼～」地吐出一口熱氣。

「第一次的經驗……和這麼多人講話。」

「是喔？」

「就算露的腳不是這樣，畢竟這座島……這座佇立者之館（Demonia Kavira）本來就不會有人來訪。」

「Demonia……？」

「是這座宅邸的古老稱呼。」

如此為我們說明的，是烏魯絲娜小姐。她不知從何時站在房門前，大概是餐後的收拾工作已經結束了吧。

「看各位感情如此融洽。大小姐，恭喜您交到了這麼多朋友。」

她很開心地對露西歐菈點點頭。

「照這樣看來，您哪一天到外面的學校讀書時也能安心……」

「不可能。露的腳這個樣子，就算到外面去也不會有人跟露好的。」

「您又在說那種消極的話。大小姐總是拿腳的事情當理由，放棄各種事情……」

「沒關係。露只要在這座島上就足夠了。」

露西歐菈用力把臉別開。看來即便是個性內向的露西歐菈，唯獨在烏魯絲娜面前可以表現出這樣直率的態度。

「話說烏魯絲娜小姐，佇立者之館究竟是？」

「是，西西里島的人們自古以來如此稱呼這座房子。由於我從前任者接手這份工作沒有很久，對於詳情也不是知道得很清楚，不過據說這裡原本是建成一座醫院的樣子。雖然美其名叫醫院，但實際上似乎是類似隔離設施的地方。」

「隔離，嗎？」

「畢竟是這樣一座孤島，不可能會有什麼普通的醫院。想必當時是把各種特殊的患者，集中在一個地方治療兼管理吧。」

「怪不得，我就想說以個人建造的房子來說，這裡大得有點誇張啊。」

雖然我原本猜測這裡本來是一間飯店的想法錯了，不過似乎也並非完全錯誤的樣子。

「大概半個世紀前，設施關閉不再使用之後，據說有好一段時期無人居住。而佇立者之館（Demonia Kavira）就是在那個時期被人取的稱呼。」

「話雖如此，不過這稱呼聽起來也真恐怖啊。」

「正如之前說過的，這附近一帶的海域自遠古時代就相傳會有不祥的怪物賽蓮出沒。後來又加上氣氛可疑的隔離設施廢墟，想必讓原本的怪談又被加油添醋了吧。像是日暮低垂之時會有什麼人站在廢墟前，或是會聽見什麼恐怖的歌聲之類的。再加上這附近發生的船難意外也確實很多，讓船夫之間有如閒話家常般流傳著那些意外事故肯定都是賽蓮搞的鬼。」

也就是說這地方充滿謠言就是了。

「聽說從前的船夫們當遇上感到不安的日子就會用蜜蠟做耳塞。可見人們是真的感受到賽蓮的氣息，聽見不該聽見的歌聲，而由衷感到畏懼吧。」

「烏魯絲娜大人，這房子外牆上那些大量的長槍狀物體，該不會也是跟那個謠言相關的東西？」

「是的，莉莉忒雅小姐猜得沒錯。那是模仿漁夫的魚叉，發揮驅魔效果的東西。人們相信賽蓮會害怕那些尖刺而不敢靠近房子。」

「哦~大概就像是日本所謂的鬼瓦吧，師父？」

百合羽這個比喻還頗妙的。

據烏魯絲娜小姐說，那些驅魔物是從這座房子建成當時就存在的。

「原來那些魚叉帶有那樣的意義呀。」

或許是內心疑惑獲得解決而感到開心的緣故，莉莉忒雅滿足地點點頭。

「船難頻傳的原因八成是由於海潮流向或暗礁，不過船夫們就是藉由把那些大自然的威脅說成是魔物（賽蓮）作祟，讓心理上比較可以接受吧。」

「也就是說從前的人們信仰很虔誠的意思？呼啊~……」

百合羽坐在床上，一點都不拘泥地跟費多交談。或許因為吃飽飯的關係，表情看起來有點想睡。

「那是由於需要有個將一切解釋成那麼一回事的約定俗成說法，所以才**當成那麼一回事**而已。認為從前的人都無知愚昧，會盲目相信所有不可能的事情，是現代人的一種傲慢。明明只不過是出生的年代湊巧比較晚而已。然而實際上無論什麼時代，人類都是**這個樣子**。」

犬科的費多如此評論人科。

「而後來搬進這樣一座謠言中的宅邸居住的，就是露大小姐的祖父大人。」

烏魯絲娜小姐這麼說明後，露西歐菈也肯定她的發言內容般「嗯嗯」地點頭。

「那麼大小姐，我接下來要準備洗澡了，完畢後會再來叫您。」

為話題找到一個段落後，烏魯絲娜小姐便快步離去了。

而我們在她離開房間之後也繼續交談。

「露的爺爺是自己一個人移居到這座島上的嗎？」

「Sì，祖父大人花了好幾年的時間，把房子改造得適合居住……的樣子……的樣子？」

「該不會客房的那個圓窗和月亮的畫作也是？」

「朔，看過了？月亮，很漂亮。」

露西歐菈表現出引以為傲的態度。

「嗯，而且隔著圓窗展示的點子也很有趣。」

「聽說祖父大人是對日本京都City的寺院(temple)大為感動(shock)，所以特別請工匠先生來做的。非常講究喔。」

「原來是這樣。」

「吶，朔出生的國家，日本。對不對？要是祖父大人還活著，一定會很興奮問你一大堆問題喔。」

「那還真是想見上一面啊。」

假如我下次被殺掉的時候，不知道有沒有機會在天堂見個面呢？哪怕只是一瞬間也好。

就在我這樣胡思亂想的時候，莉莉忒雅又從令人意想不到的角度提問：

「恕我失禮，請問露西歐菈大人的祖父大人該不會是畫家埃利賽奧・德・西卡先生吧？」

突如其來的問題讓我霎時疑惑歪頭，但露西歐菈則是明顯綻放出開心的表情。

「哇！莉莉忒雅小姐，妳知道？」

「是，他是一位出色的藝術家。」

「哦！原來露的爺爺那麼厲害！」

貝爾卡也天真無邪地表現出好奇的態度。

「埃利賽奧・德・西卡先生被人譽為一九七〇年代後半突然現身於美術界的奇才。他透過將大的東西畫小、小的東西畫大的獨特手法留下許多的名作——」

「沒錯，印象中他曾經公開表示自己的畫風深受哥雅之類的浪漫主義畫派以及東洋浮世繪的影響。雖然在日本似乎沒有什麼人知道，不過在歐洲可是無論哪裡的美術館都最起碼會掛上一幅他的畫作啊——等等，那意思說老師也早就察覺了嗎？早點講嘛～！」

真不愧是費多老師。明明是隻狗卻對美術史也如此精通。

我重新看向桌上照片中的老人。沒想到他是個這樣的大人物，實在驚訝。

「Sì，祖父大人，是畫圖的人。」

「果然。」

「不過莉莉忒雅，妳是怎麼知道的？」

「因為掛在玄關大廳的那幅畫。我對那幅畫有印象。」

「那幅巨大的畫作？上面畫了賽蓮的那個？」

「是，那幅畫是埃利賽奧・德・西卡睽違了好幾年的新作品，於去年發表，在美術界備受關注。我記得標題好像叫……」

「〈蒼泳的席亞蕾庇〉。」

莉莉忒雅搜尋著自己的記憶為我說明，露西歐菈也從一旁幫忙補充。

「席亞蕾庇？」

我從來沒有聽過這樣奇妙的詞彙。

「那是祖父大人自創的詞語……所以露也不曉得意思。不過，祖父大人在畫那幅畫的時候，看起來有點恐怖。可是後來，祖父大人很快就上天堂去了。」

「我不知道他原來已經過世了。願他安息——」

聽到莉莉忒雅這麼說，露西歐菈靜靜點頭。該怎麼說？她們兩人這樣細微的言行中流露出一種高雅的感覺。

「也就是說，那是埃利賽奧・德・西卡投注全心全力畫出的遺作啊。」

肯定有很多人夢寐以求吧。

雖然我後半句話沒有講出口，不過露西歐菈似乎看出我的想法而說道：

「祖父大人發表那幅畫的時候，還添上了這樣一句話：席亞蕾庇會讓給提出正當價格的人——」

「正當價格？」

雖然那在買賣上是很普通的一句話，但在這種狀況下卻莫名有種神祕的感覺。

「那意思是要求買家必須提出足夠讓埃利賽奧先生接受的金額嗎？」

「關於這點露也沒點子……露是說，露也不知道。祖父大人真正的意思。不過那就是他的遺言（testament）。」

不管怎麼說，總之在這件事情上似乎都遵照埃利賽奧的遺囑執行了。

到頭來有找到買家嗎？最後金額究竟是多少？——雖然心中還抱有一點好奇心，但我決定別再問太多了。

至少可以確定，那幅〈蒼泳的席亞蕾庇〉現在還掛在玄關大廳。然後也因為這樣，我才有機會拜見到那樣一幅貴重的作品。現在只要慶幸這點就夠了。

「這房子裡到處裝飾的大量畫作也都是我從沒看過的作品，然而筆觸就跟埃利賽奧先生的作品一樣，因此我才會猜想這裡或許就是他的家。」

畫作。這裡的確裝飾了大量的畫作。玄關大廳也是，走廊上也是。

然後在這房間裡也是——

「露西歐菈大人，真是不好意思。因為我從踏進這間房子的時候就感到很在意了。」

看來我的助手在我不曉得的時候也無時無刻注意著各種細節。

「沒關係，不用道歉的。」

「話說回來，沒想到原來埃利賽奧已經過世了。這件事連我都不知道。」

費多也對這位偉大畫家的死感到很驚訝。

「因為那也是祖父大人的遺言。他希望就算自己死了也別讓社會知道，想要讓自己的名字與作品全都隨著時間風化。」

「所以才沒有人知道啊。」

「Sì。」

露西歐菈對我的問題輕輕點頭。

「祖父大人從以前就很討厭社會，有如背離世間般沉默地居住在這座島上。關於這個地方也沒有告訴過任何人……甚至其他畫家或畫商也是。」

「也就是像祕密藏身處的地方啊。」

「然後祖父大人在這裡畫了許多不會發表在任何地方的作品。」

「該不會就是在這房子裡到處掛的那些畫？」

「Sì。」

「我以前也看過幾幅埃利賽奧的畫作，然而這裡盡是我從未在別的地方看過的作品。原來他私藏了這麼多作品都沒有賣出去啊。要是讓畫商們得知埃利賽奧的死訊以及這座房子的存在……」

費多想講什麼我也很清楚。那些人肯定會爭先恐後地跑到這地方來估價吧。

「祖父大人說過。那些是不能賣的拙劣作品。失敗作（trash）。可是……露不太懂。」

那些怎麼看都不是拙劣作品啊。

「明明是失敗作卻故意掛在家中嗎？」

「他說過。失敗作是提醒自己沒出息的鏡子。」

真是奇怪的人。

「很奇怪的人，對不對？」

「呃不……怎麼說……」

「沒關係。確實如此。畢竟祖父大人跟誰都不交好……」

「不讓人親近是嗎？啊，該不會就是因為這樣，才故意挑上這座島的？」

這裡是人們感到恐懼而不敢靠近的地方。

「Sì。不過，不只是那樣。那段大家害怕的海上傳說，或許有什麼吸引祖父大人的東西……這只是露猜想的……」

「所以才會留下賽蓮的畫作，掛在大廳……嗎？」

「這地方想必對祖父大人來說是個祕密樂園。要說為什麼，因為，祖父大人總是稱呼這座島叫——畫廊島（Galleria isola）。」

原來如此，真像畫家會取的名字。

或許因為聊了許多關於祖父的事情，露西歐菈臉上帶著某種回憶遙遠過去的表情。

「……話說回來，露，妳也說過妳喜歡這座島吧？」

「喜歡。」

「也就是說連那些性情魯莽大膽的船夫們都感到恐懼的賽蓮，妳一點也不害怕的意思囉？」

「當然，不怕。露才不害怕。」

「像今天這種暴風雨的晚上，總覺得好像會有什麼東西出沒，妳也不怕？」

「……不恐怖。而、而且有烏魯絲娜呀……」

「這樣啊。那……不管怎麼用刀砍用火燒都會復活的喪屍呢？」

「呀——！」

對我這段實在很庸俗的嚇小孩把戲，露西歐菈發出可愛的尖叫聲。

「朔也大人。」

「抱歉抱歉。因為露的反應太有趣了，我就忍不住……」

然而露西歐菈也只有最初的一秒鐘左右感到害怕而已，尖叫聲很快又變成了惹人憐愛的笑聲。

「哇呀啊！剛、剛才的尖叫聲是什麼！」

在床上開始打起瞌睡的百合羽被嚇得彈了起來。

「發、發生事件了嗎？發生事件了對不對！……不是？啊，失禮了。」

見到她那模樣，露西歐菈又笑了出來。

「唉～假如暴風雨離去之後，大家還會一直住在這裡就好了。」

由於那張笑臉實在太天真無邪，露西歐菈接著脫口而出的這句話讓我有種措手不及的感覺。

而且講出這句發言的她自己似乎也是一樣。

「沒有啦……那根本像是不用針也不留下縫線做襯衫嘛……嘿嘿。」

我也能聽得出來，這句話是在比喻**不可能實現的事情**。

她試圖掩飾的笑容實在稱不上高明。

就在這時，烏魯絲娜小姐再度來到房間。

但她這次臉上帶著有點著急的表情。

「烏魯絲娜小姐，請問怎麼了嗎？」

「那個……因為那個男的不見了，我正在到處找人……」

「那個男的——是在說哈維先生嗎？」

「是的，由於餐後的收拾工作都已經徹底結束了他還沒現身，所以我有點在意他究竟在幹什麼而跑去他房間看看。結果……在床鋪上發現了這樣的東西。」

烏魯絲娜小姐說著，遞出一張紙條。上面用英文寫了一段文字。

而且內容有點無法忽視。

——我看到了。賽蓮。我要在暴風雨變強之前離開這座島。

如此異樣的一段文字讓我們一時之間講不出話來。

「請問這是……哈維先生留下的紙條嗎？」

「是的，而且他的行李也全都不見了。」

「看到賽蓮……呃……騙、騙人的……吧？」

貝爾卡一臉不安地看向其他人。

「意思說……他在拍照時……看到了什麼嗎？」

「那也確實令人在意，但現在重點是這句話啊，貝爾卡。上面寫說他要離開這座島，但外頭已經是這麼強烈的暴風雨了。」

從屋外的風勢判斷，暴風雨恐怕完全登陸了。

「雖然這種事情應該用不著確認，不過要離開這座島除了坐船以外……應該沒有其他手段吧？」

對於我的問題，烏魯絲娜小姐點頭回應。真的是不用問也知道，這裡是一座小小的孤島，既沒聯外的橋梁也沒有空路運輸。

「碼頭就在房子出去沿著正面斜坡下去的地方。那裡是這座島唯一的碼頭。」

既然如此，照常來想哈維可能已經從洋館出發前往碼頭。可是想要在這種天氣中開船也太亂來了。

「我也認為那樣做根本是瘋了。因此猜想他會不會其實還留在房子裡而到處尋找。」

「可是都沒有找到他？」

「是的……」

現場頓時沉默。大家都在思考哈維那張紙條的內容。

「呃，烏魯絲娜小姐，話說在隔壁還有另一棟房子對不對？」

百合羽提出這樣單純的疑問。

「妳是說西館吧。是的，那邊平常並不會用來居住。」

換言之，我們現在這裡叫作東館吧。

據烏魯絲娜說明，西館和東館同樣是三層樓的房子，保管已故的埃利賽奧先生留下的大量畫具與試畫作品。

「兩邊房子是透過位於一樓南端的連接走廊互通。雖然北側還有後門，不過鑰匙似乎已經遺失，所以那邊的門一直都是關著。」

東西兩館整體似乎呈現一個U字形。

「不過我想那個男的應該不在西館。因為連接走廊的門鎖著。剛才我去看的時候，門依然鎖得好好的。」

「那鑰匙放在哪裡？」

「就在那邊的鑰匙保管箱。」

烏魯絲娜小姐指向樓梯旁邊一個木製的鑰匙保管箱。

打開一看，裡面掛了大量的鑰匙。

鑰匙上分別寫有清楚易懂的房間名稱，例如各個房間的鑰匙，還有書房、浴室、廚房、更衣化妝室等等。

當中也有寫了「連接走廊」的鑰匙。

「那麼哈維先生果然已經離開了房子嗎？」

「老實說，如果那男的願意離開這座島，我也很高興、很安心。但就算這樣，也不能夠坐視別人去做危險的事情還不管呀。」

「船——請問只有一艘嗎？」

就在這時，莉莉忒雅從不同的思考角度提出問題。然而烏魯絲娜小姐似乎一時之間無法意會她想問什麼樣子。

「請問在島上，這間房子所有的船隻有幾艘呢？」

「啊，是的。只……只有一艘。」

「那麼柴伐蒂尼家的各位是？」

「是我開船去迎接他們到島上來的。」

「原來如此。朔也大人，印象中好像有說過哈維先生當初是請外面的漁船載他到這座島上來的。」

「對了！我們開來的船現在故障不能動。那麼目前能夠出航的就只有這間房子自己的船啊！」

「那樣很傷腦筋呀！要是那艘船被他偷走，我們就失去聯外的移動手段了！」

這代表至少到我們的船順利修好之前，誰都無法離開這座島。也就是說萬一在這段期間有人受傷或生病，也無法向外界求援的意思。

「那個男的！到底要給人添多少麻煩才罷休！現在或許還來得及！我這就過去確認狀況！」

烏魯絲娜小姐準備從開著沒關的房門衝出去。

「請問妳要去碼頭嗎？」

貝爾卡急忙叫住烏魯絲娜。

「一個人去太危險了。我也跟妳去！」

「那樣是比較放心沒錯……但不會給妳添麻煩嗎……？」

「沒關係！畢竟我們也放不下心嘛！對吧，老師！」

貝爾卡勇敢地高舉拳頭。但相對地費多卻「我不想動。」地把臉別開。

「你們人類想去自己去……呃，老師！你不跟我一起來嗎？怎、怎、怎麼辦……」

一聽到費多不願同行的瞬間，貝爾卡的視線就很有趣地到處亂飄起來。最後充分飄移過的視線落到我身上。

「朔也……嘿嘿……你現在、有沒有空？」

那是什麼邀請方式啦？

「朔也～！」

「好啦好啦！我知道了。我也一起去。」

「太好啦～！謝謝！我的朋友！」

我嘆著氣點頭答應後，貝爾卡就開心到連我都覺得害臊的程度，甚至全身撲過來勾住我的肩膀。

太近了，太近了。她難道都沒有男女之間該有的距離感嗎？

「究竟發生什麼事？怎麼這麼吵鬧！」

大概是聽見了吵鬧聲，這時萊爾和德米特里現身了。

「吵得害我以為是不是暴風雨都颳進家裡來啦！」

如此表示的萊爾其實才是最吵的人。

「什麼？找不到那個攝影師？既然是這樣，我也來幫忙！」

聽完狀況後，萊爾也主動表示要來幫忙尋找哈維。

「做人就是應該互相幫助！你說對不對，德米特里？」

他說著，拍拍兒子的肩膀。然而德米特里卻明顯皺起眉頭，毫不掩飾地拒絕：

「才不要。那種搞不清楚哪裡來的傢伙，根本不用去管他吧？反正是個擅自跑來打擾，一直叫他走都死賴著不離開的傢伙不是嗎？自作自受。」

「德米特里！不可以這樣講話！」

「但我也不是什麼冷血的魔鬼，至少，做為一個人類會祈禱他平安無事啦。就這樣。」

德米特里甩開萊爾的手，又轉身走回自己房間的方向。這對父子不只是臉型不太像，就連個性也完全相反。兒子比起父親要來得冷淡許多。

目送那樣的兒子離開後，萊爾有點抱歉地搔搔頭。

「對不起！我家兒子實在不太聽話！」

「感覺你教育得很辛苦。」

「雖然這種話不能講得太大聲！所以我盡可能小聲講！其實德米特里是妻子跟前夫的兒子！也因為這樣，他怎麼也不肯對我敞開心房！」

萊爾用即使放低音量還是很大聲的嗓門如此偷偷告訴我們，這才讓我解開了許多疑問。

原來如此。我原本就想說這對父子怎麼如此不像，原來是這麼回事。

「好啦，現在可不是站在這裡講話的時候了！既然狀況是這樣，我們就分頭去尋找碼頭跟房子周圍吧！」

重振精神的萊爾主動站到指揮大家的立場。

「假如船還停留在碼頭，就表示哈維還在這座島上的什麼地方。萬一他是在哪裡不小心滑倒變得無法動彈就糟了！」

他的提案很合理，於是我們決定採納這個方式。

「說得也是。那麼請烏魯絲娜小姐、萊爾先生和貝爾卡去碼頭，我和莉莉忒雅去找找看房子周圍──」

「親愛的偵探徒弟灰峰百合羽當然也會一起去囉！」

百合羽抓準機會舉起手自我主張起來。

「呃？妳也要一起來？」

「徒弟！徒弟！」

她又更進一步主張。

「好、好啦。」

其實我不太希望讓她參加這種危險的行動，但是在這邊跟她討價還價也只會耗費寶貴的時間。

「那麼我這就去拿雨具跟手電筒過來！」

正當烏魯絲娜小姐如此說著，準備跑出去時，露西歐菈拉住她的袖子。

「烏魯絲娜，露也要幫忙。」

「不，大小姐請留在屋內。外面很危險，要是輪椅滾到溼滑的地方會翻倒的。」

「可是……」

「請您明白。」

「……Sì。」

露西歐菈雖然一時還不肯放棄，但最後還是被烏魯絲娜說服了。

烏魯絲娜在那樣的露西歐菈額頭上親了一下。

「大小姐是個聽話的好孩子，烏魯絲娜非常高興。」

那情景看起來就像是電影中的一幕。

正當我望著那兩人之間的主從關係時，莉莉忒雅從旁邊悄悄對我耳語：

「如果朔也大人也能那樣明智，莉莉忒雅也可以安心許多的說。」

「總、總不能夠那樣吧。我自己也很討厭危險的事情啊，可是在立場上……」

「身為一名偵探的立場，是嗎？」

「妳、妳又露出那麼恐怖的表情。莉莉忒雅，笑一個笑一個。」

我為了逗表情有點不開心的莉莉忒雅能夠笑一下，拉住她的臉頰嘗試讓她露出笑臉。

莉莉忒雅雖然一點都沒有做出抵抗的動作，可是到最後用極為冰冷的眼神對我表示：

「朔也大人是個不聽話的壞孩子，莉莉忒雅非常難過。」

就在這時，從遠處的交誼廳傳來掛鐘提醒時間來到六點的鐘響。

□

借用雨衣來到屋外，迎接我們的是激烈的暴風和大雨。

我、莉莉忒雅和百合羽沿著逆時針的路徑朝洋館南側行進，烏魯絲娜小姐、萊爾與貝爾卡則是出發前往碼頭。

拿著手電筒的我帶頭走在前方，莉莉忒雅和百合羽則是跟在我後面。

「哈——維——先——生！」

我為了不輸給強風，扯著嗓子呼喚，但聽不到回應。

「那個就是通往西館的連接走廊吧。」

在風雨的另一頭可以看見連接東西兩館的一條走道。長度約五公尺，要稱作走廊其實有點短。

相鄰的兩棟房子之間由於大樓風切效應的原理颳著強勁的風，大量窗戶玻璃在大風中軋軋作響的聲音聽起來宛如什麼人在尖叫。

我們繞到西館後面，從下方舉高手電筒觀察，發現一件事。

「這邊也有啊。」

也就是剛才提過的那個驅魔裝飾。在西館外牆上也有好幾根前端尖銳的裝飾物體。

西館後面距離石頭圍牆很近，只有一條頂多兩、三人可以並肩通過的小路直直延伸到南側。

——我看到了。賽蓮。

我重新回想哈維留下的那張紙條。

「莉莉忒雅，妳覺得哈維真的有看到賽蓮嗎？」

「那或許是某種譬喻。」

「說得對。我們最初在洋館前見到他的時候，他看起來很正常。」

「是的，假如他真的看到什麼，應該是在那之後吧。」

不知道他究竟是看見了什麼——

「哇！是海！好近喔。」

正如百合羽所言，探頭望向石頭圍牆的另一側，下方很快就能看到海面。高度頂多只有兩公尺左右，感覺激起的浪花都會濺到臉上。

「啊嚇～這要是不小心摔下去可慘囉。只能飽受全身打在岩石上的痛苦，轉眼間就沉沒到永久漆黑的海底了。」

「妳的表現方式也太恐怖了！」

我們就這麼時而穿插幾句對話，踏著慎重的步伐往前走。

尋找著哈維的身影，一步一步。

從洋館出來大約過了十分鐘吧。

不久後，在小路另一頭看到了燈光。

正當我覺得奇怪的同時，從那邊傳來「呀嗚！」的尖叫聲。

「出現了——！鬼火（will-o'-the-wisp）！救命！」

是貝爾卡的聲音。

她似乎把我們這邊的手電筒光看錯了。

在她身邊也能看到烏魯絲娜小姐與威爾的身影。

「是我們啦。」

我走近他們並如此表示，結果手電筒照出貝爾卡一臉快要哭出來的表情。

「你不要嚇我呀！朔也應該要對我再好一點才行！」

「抱歉啦，貝爾卡。你們那邊怎麼樣？」

我一邊安撫鬧脾氣的貝爾卡一邊詢問他們的狀況，結果貝爾卡大叫著「還有怎麼樣！」地把臉靠過來。

「我們在前往碼頭的路上走散了，超辛苦的好嗎！妳說對不對，烏魯絲娜小姐！」

「沒事吧？」

「嗯，我們沿著一條很高的雜草叢生的小路前往碼頭，可是一回神就發現周圍只剩我一個人，害我都嚇出了冷汗……為了尋找烏魯絲娜小姐他們，我到處徘徊了大約五分鐘呀……」

偏偏在這種時候老師又不在身邊──貝爾卡如此埋怨。

「最後我只好參考洋館燈光的位置，朝海的方向行進。結果好運讓我抵達了碼頭，才總算鬆了一口氣呀。」

「非常抱歉。都怪我不會帶路……」

關於這件事，烏魯絲娜小姐很愧疚地低頭致歉。

「那附近一帶的途中必須經過一條雜草叢生的小路……結果就在那個地方……」

「抱歉！我也迷路了！雖然我對鑑識寶石的眼光很有自信，但老婆也常講我的方向感奇差無比啊！」

萊爾也站出來這麼道歉。仔細一看，他的西裝上沾了好幾片溼掉的雜草碎葉。

「不不不，請你別這麼說。畢竟那地方本來就視野不佳，再加上這種暴風雨的夜晚呀。」

「後來我在碼頭等了一下下，就跟遲來的萊爾先生與烏魯絲娜小姐會合了。」貝爾卡說道。

「然後呢？船怎麼樣了？」

「對呀！船！果然不見了！我們看了一下，原本繫住船隻的船繩被解開了！絕對是那個叫哈維的人幹的事！所以我們就趕快回來要告知大家。」

「這樣啊……」

意思是說，哈維已經奪船逃出了這座島。

「那麼我們這邊看來是白找一趟啦。」

「可以這麼說！哎呀，雖然我也只是迷路了一趟，什麼事都沒做啦！」

「萊爾先生請安靜一點。」

「好嚴厲啊，朔也少年！」

「總之現在乖乖等待暴風雨離去之後，再趕緊修理我們搭來的船吧。只要船修好，也能載萊爾先生你們回去巴勒摩港了。」

「那真是幫上大忙啦！話說那個攝影家，簡直太亂來了！」

「朔也大人。」

就在這時，莉莉忒雅為了不要輸給強風而發出比平常更大的聲音叫了我一下。

「好像有東西勾在那裡。」

她把身體探出石頭圍牆，指著下方的大海。

激烈的海浪接連不斷地打在岩壁上。我凝神注視，看見在那一波波的強浪中好像有什麼東西浮浮沉沉。

「那是……垃圾？不對……」

是鞋子。

發現這點的瞬間，我全身不寒而慄。

因為我看過那鞋子。

紅色的登山靴。

「那是哈維先生穿的鞋子！」

「你說什麼！意思說他掉到海裡去了嗎……？可是船不見啦！」

「我們第一次見到哈維先生的時候，他爬在圍牆上專注地拍著照片。或許他在這個地方也做同樣的事情，結果被風一吹就摔下去了——這樣想應該很妥當。」

「不，等等……！要那樣講太奇怪了吧？」

萊爾先生帶著嚴肅的表情，用手電筒照亮腳邊。

「看起來，這裡似乎沒有像是哈維的鞋子留下的足跡。從碼頭到這裡的路上也沒有看到！你們那邊呢？」

聽他這麼說，我們剛才確實沒看過那樣的痕跡。

明明我們走過來的足跡在泥濘的地上留得這麼清楚。

「哈維是怎麼到這地方來的？」

「這個嘛……」

就在我們動腦思索的時候，莉莉忒雅突然往地面一蹬，跳到圍牆上，害我嚇了一跳。

強勁的海風吹在她臉上，雨衣的兜帽當場被掀掉，讓一頭白金色的秀髮隨風擺盪。

「莉莉忒雅，妳在做什麼！站在那種地方很危險啊！」

「我知道。可是莉莉忒雅很在意那個東西。」

「鞋子就別管它了。用不著冒險下去撿回來，從這裡看就知道那絕對是哈維先生的……」

「不，莉莉忒雅說的**不是那個**。」

我連上前制止都來不及，莉莉忒雅就朝圍牆另一側跳了下去。還以為她要重演哈維的悲劇，但幸好並沒有如此。

莉莉忒雅身輕如燕地沿著岩岸往下跳，從岩石隙縫中不知撿起了什麼東西，再挑選穩固的踏腳處一路回到我們面前。前後只有短短幾秒鐘，簡直神技。

「妳不要害我捏把冷汗啊……」

「我把這個撿回來了。」

莉莉忒雅一臉輕鬆地把她撿回來的東西交給我。

「這是……」

照相機。是哈維使用過的那臺單眼相機。

「它剛才勾在岩縫間。大概是摔下去時造成的衝擊，已經嚴重破損了。」

「看來是這樣。果然哈維先生是從這裡摔下海……」

「朔也……」

就在這時，換成貝爾卡用顫抖的聲音叫了我一下。

「那個……」

「貝爾卡，這是一樁不幸的意外。誰都沒有責任。」
「我不是在講那個……哈維先生，他並沒有……掉到海裡呀。」
「咦？真的嗎？可是妳為何會這樣想？船不見的事情確實讓人很在意沒錯，但現在畢竟找到了他的照相機跟鞋子……」
「因為……因為！**他就在那裡呀！**」
「……咦？妳說……什麼？可以再說一次嗎？」
我一邊問一邊回頭。
貝爾卡把背靠在圍牆上，注視著洋館的方向。
而且視線角度抬得非常高。
「在那裡！可是……為什麼！為什麼人會在**那種地方！**」
我抬頭仰望，發現有個男人掛在那裡。
位置與三樓窗戶差不多，甚至更高。
我立刻就看出那是誰了。
「哈維……先生。」
正是攝影家哈維。
他被洋館外牆上突出的銳利鐵針貫穿腹部，上下顛倒地掛在那裡。
刺穿他的——就是那個驅魔用的魚叉。

不只如此，哈維的雙腳完全失去大腿以下的部分，簡直就像被什麼東西吃掉了。

「怎、怎麼會！竟然有這種事……！他死了嗎？真的嗎！」

烏魯絲娜小姐發出近乎尖叫的聲音。

死了。哈維已經死了。

用不著確認。同樣身為人類，在看到那景象的瞬間就能直覺理解這點。

哈維黯淡無光的雙眼望著底下的我們，不再說話的嘴淌流鮮血，全身任由風吹雨打。失去的雙腳到處都沒看到。

「怎麼會這樣……原來他……既不是掉落到海中……也沒有奪船逃出這座島……」

兩者皆非。

「人竟然掛在那種高度……到底發生什麼事情才會變成那樣……？」

萊爾用手摀著嘴，張大眼睛仰望。

「意、意外事故！肯定是意外事故！」

「意外事故怎麼可能讓一個人變成那樣！那高度距離地面少說也有七、八公尺啊！」

「一、一定是從屋頂上滑落下來的！」

面對如此異常的事態，萊爾與烏魯絲娜小姐爆發一點小爭執。

「屋頂？那邊的屋頂嗎？但是那裡看起來屋簷往外突出很多啊！假如是從那裡滑下來，應該會沿著拋物線掉落到剛好我們現在站的位置！照物理法則要掛到那種地方根本說不通！」

「可是……！」

「更何況還要有強勁的力道足以讓他身體被貫穿的程度，絕對不可能！不管怎麼想……他一定是遭到某種強大的力量襲擊才對！」

「……賽蓮。」

如此呢喃的，是莉莉忒雅。

在那兩人爭執的時候，莉莉忒雅依然一個人注視著大海的方向。

「莉莉忒雅……？」

「請問各位有沒有聽到什麼？」

「咦？」

我們立刻閉上嘴巴，各自豎耳傾聽。

……啾嗶——……嗶……

結果——雖然不是很清晰，但參雜在海浪與強風聲之中，確實可以聽到某種沒有聽過的聲響。

「欸，朔也……這、這、這是……」

分辨不出方位與真面目，輪廓模糊不清的聲響。

不，與其說是聲響，聽起來比較像是什麼存在發出的聲音。

而且宛如具有一定音階的歌聲。

「這究竟……是從哪裡……」

「不……不要呀啊啊啊！」

緊接著，似乎再也無法忍耐的貝爾卡發出尖叫聲，拔腿逃離現場。

「咦？咦？等等……妳、妳等我呀貝爾卡——！」

或許是恐懼心理傳染，百合羽也跟著逃跑。

「妳們兩個！胡亂跑很危險啊！」

「痛呀！跌倒了——！等、等我——！」

轉眼之間就看不見那兩人的身影了。

「真沒辦法……我們也暫時回到屋子裡吧。」

「同意！畢竟我在這裡感覺也無法做出冷靜的判斷！」

我們為了重新整理狀況，沿著來時的路徑走回去。

這時候，剛才的歌聲已經停息了。

第三章 這裡才好

「賽蓮什麼的只是虛構故事中的存在呀！」

我們一回到東館，烏魯絲娜小姐就如此大聲主張。

「剛才的聲音……一定是經過附近的船隻發出的汽笛聲之類……」

「我也寧願那樣想，可是……」

在這種暴風雨中會有船隻航行嗎？

我一邊詢問烏魯絲娜小姐一邊脫下雨衣，掛到玄關門口旁的衣帽架上。從雨衣滴落的雨水轉眼間就讓地板上積起了水灘。

「朔也同學，你的想法如何？哈維果然是被賽蓮殺掉的嗎？」

「不，既然那不是一樁意外事故，那就想必是活在現實中的什麼人幹的。」

「……那麼，是誰（whodunnit）、為了什麼（whydunnit）、怎麼殺掉（howdunnit）他的？」

萊爾用很有**推理小說風格**的講法如此與我對話。

這麼說來，之前好像提過他很喜歡讀推理小說。

「這座島如今因為暴風雨成為了標準的孤島模式！雖然說，就算沒有暴風雨，現在這裡也沒有可以航行的船隻就是了！然後目前在這座島上的只有我們一家人、露西歐菈姑娘與烏魯絲娜小姐，以及你們一行人而已！」

「嫌疑人的範圍有限——你想這麼表示是吧，萊爾先生。」

「我認為這才叫作理性思考吧！什麼賽蓮搞鬼之類的誇張推理就先排除在外……哦哦，抱歉！我越講越亢奮，聲音都大了起來！」

嗓門一直都很大的萊爾先生頓時回過神來，如此道歉。

「我這個人個性上就是有點性急。總是有急著下結論的壞習慣！」

他用雙手擦一擦淋溼的頭髮，重新梳理髮型。

「嘿，偵探。推理得很勤奮嘛。」

就在我們如此討論的時候，費多從交誼廳方向的南側走廊現身走過來。

「費多，大事不好了。哈維先生他……」

「死了對吧？我已經聽貝爾卡說了。而且聽說連船都不見啦。」

不需要我特別說明，費多已經知道了全部的狀況。

「沒錯，就是那樣。而且他不是單純死了而已……咦？話說費多，你現在是怎麼講話的？」

現在費多身邊看不到貝爾卡的身影，可是我卻能夠跟牠對話。

「咱家的助手（膽小鬼）就在那裡啦。」

費多用嘴巴比了一下自己背後，擺飾在走廊上的一個大花瓶。仔細一看，貝爾卡全身縮得小小的，躲在那個花瓶後面。

「那傢伙發現屍體後就一個人逃走了對吧？給你們添麻煩了。我剛才已經狠狠**吠過**她一頓，你們就原諒她吧。她從以前就是只有嘴巴很會講，到緊要關頭卻老是耍廢。我沒說錯吧，貝爾卡？妳差不多也給我出來露臉啦。」

講得還真是辛辣。而且想想這些話都是經過貝爾卡本人的口中說出來，更是令人不禁同情。

到最後，貝爾卡就像從巢穴中畏畏縮縮探頭出來的松鼠一樣從花瓶後露臉。

「呃……呃呵呵。各位～歡迎回來～……」

「我們回來啦，貝爾卡。妳溜得可真快啊。很高興我有個這樣講義氣的朋友。」

「好、好過分！為什麼要那樣說？平常總是對我很好的朔也到哪裡去了……」

「然後呢？」

「對、對不起——！我不該逃走——！我已經好好反省了，拜託你不要嫌棄跟我當朋友呀——！」

她確實廢歸廢，不過懂得道歉還是精神可嘉——就當作這麼一回事吧。

「好啦，乖，過來這邊吧。」

「嗚、嗯。哎呀～這下事情變得真嚴重呢。」

我對貝爾卡笑了一下後，她便很快恢復成平常的調調，腳步輕快地走過來。

「就是說啊。這狀況很不好。我的鬍子都在發麻了。根據經驗，像這種時候通常都會接連發生不好的事情。」

費多這樣預言或許是建立於牠身為偵探的豐富經驗。若真如此，牠果然是個優秀的偵探吧。

畢竟我們緊接著就聽到了下一件糟糕的消息。

「不、不好了！師父！小露出事了！」

百合羽的聲音忽然傳來。

我轉頭一看，發現她在北側走廊的深處朝著我們的方向招手。

「發生什麼事！」

「大小姐！」

在場所有人的表情都緊張起來，尤其烏魯絲娜小姐當場臉色大變。

「那是大小姐的房門前！」

「我們快過去！」

萬事先擺一邊，我們趕緊奔向露西歐菈的地方。

「……嗯？這是……」

然而就在途中，我發現有個像垃圾的東西掉落在走廊角落。

是大約小指指頭大小的藍色碎紙片——不對，我撿起來一看，那是花瓣的一部分。

然而現在沒有時間讓我去觀察那是什麼花。

「朔也大人，我們快走。」

雖然有點在意，可是在莉莉忒雅的催促下我立刻中斷思考，繼續奔向百合羽在呼喚的地方。

「師父！這邊這邊！」

房間的門打開著。我一衝進裡面，就被颳過來的強風嚇了一跳。

進門正對面的窗戶敞開，讓風雨都吹進房內。

而露西歐菈就倒在那扇打開的窗戶下。

無人的輪椅在她旁邊。

我趕緊衝過去，把她抱起來。

她沒有意識。全身被吹進屋內的大雨淋溼，寒冷發抖。

從髮梢流下來的水滴沿著她柔軟的臉頰滑落。

「怎麼會……！露……露西歐菈！大小姐！是誰做出這種事！」

烏魯絲娜小姐會這樣抓狂也怪不得她。

因為露西歐菈的身上到處可以看到剛留下不久的傷口。

「露！妳被誰攻擊了嗎！」

她的手肘、肩膀與額頭上都有令人心疼的割傷與擦傷痕跡，從傷口滲出鮮血。

「百合羽，這究竟是怎麼回事？」

「呃！因為哈維先生在外面發生了那麼嚴重的事情……我忍不住擔心小露的狀況，所以跑來她房間……結果聽到從房內傳來『喀鏘喀鏘！』很大聲的聲響……！」

然後打開門一看，渾身是傷的露西歐菈就倒在這裡了——百合羽如此說明。

「我當場嚇了一大跳，就忍不住把大家叫過來……」

「真的？」

「是、是真的！徒弟沒有必要跟師父說謊呀！」

「呃不，我這樣問沒有特別的意思……抱歉，我有點動搖了。」

「嚇死啦！人家還以為被師父懷疑了！」

「總、總之快點關起來吧！」

貝爾卡把窗戶關上後，房間內頓時瀰漫某種奇妙的寂靜。

□

「我……我回房間拿急救箱跟毛巾過來！」
烏魯絲娜小姐為了主人快步走出了房間。
幾乎就在同時，換成伊凡與卡蒂亞來到房內。
「老夫想說樓下怎麼從剛才就吵個不停……這到底是怎麼回事？」
「哎呦，那孩子受傷了呢。是從輪椅還是階梯上摔下來了嗎？」
伊凡身上換成了一套居家服，卡蒂亞則是端著一個裝有洋酒的酒杯。
「如果只是什麼意外事故，我要回房間囉。」
對於卡蒂亞這樣的發言，貝爾卡當場動怒。
「我說妳呀！露現在很嚴重呀！妳都不會擔心嗎？講得那樣事不關己的！」
「我有在擔心呀。妳、妳太失禮了！這哪裡事不關己了！」
意外的反擊讓卡蒂亞當場動搖，扭曲嘴角跟著反擊。
「小丫頭可沒資格對我說三道四！」
「我才不是小丫頭！」
「那是大丫頭？」

「對！百合羽說得沒錯！大丫頭！更不對啦！喂，百合羽！」

「抱歉抱歉！我忍不住！」

百合羽絕妙的打岔讓原本緊張起來的氣氛變得稍微輕鬆了一點。

於是我趁這個機會，把哈維疑點重重的死以及船消失的事情告訴伊凡與卡蒂亞。

「你、你說他被殺掉了？是、是誰殺的！」

伊凡聽完之後，用懷疑的眼神瞪向周圍的人。

「現在還不清楚。因為我們剛才正準備開始討論這件事的時候，又換成露發生了這種事……」

「那有什麼好討論的，肯定就是在這裡的誰幹的吧？是你們嗎！對不對！」

「就是說呀。我從一開始就覺得你們很可疑了，居然在暴風雨中突然跑到島上來。」

「葡萄酒喝太多讓妳的腦袋都發酵了嗎？好一個**貴腐人**。這場暴風雨是在我們來了之後才發生的啊。」

「小丫頭妳好大的膽子！」

「剛才那句話不是我說的！是老師說的呀！」

「少在那邊拿狗頂罪！根本是惡質的腹語術吧！」

就在貝爾卡與卡蒂亞爭執起來的時候，莉莉忒雅開口說道：

「關於船消失的事情，會不會有可能是殺害了哈維先生的凶手坐船逃走了？」

「嗯，當然也有那樣的可能性。我甚至希望真的是那樣。畢竟假如凶手已經達成目的離開了這座島，至少代表接下來不會再有危險了。可是……」

或許是聽出了我的想法，萊爾立刻指著露西歐菈從旁插嘴：

「那位大小姐就在剛剛被什麼人物襲擊了！就算我是外行人也一目了然啊！」

露西歐菈躺在地上，百合羽則是陪在她旁邊照護。

「也就是說，凶手還在這座島上！對不對？」

「哼！說到底，要在這種暴風雨中搭船出海本來就是不切實際的想法。更何況老夫聽說這附近一帶的海域很容易發生船難啊。」

關於這點，伊凡說得沒錯。當初我們也是因為這樣而遇難漂流到這座島上的。

「說得對啊，爸！要是暴風雨不會造成什麼威脅，船隻在這種狀況下還能輕易出入，世界上以孤島為題材的推理小說就全都無法成立啦！」

萊爾用帶有諷刺的口吻如此表示，並誇張地做出仰天的動作。

與那樣的萊爾相較之下，費多則是連耳朵都不動一下，靜靜說道：

「假設凶手還在這座島上，可是卻特地跑到碼頭去把船放掉，那麼也可以這麼思考：凶手把船放掉的目的不是逃亡，而是**為了把我們完全關在這座島上**。」

「意……意思是說要把我們關起來一個一個殺掉嗎！」

「卡蒂亞，冷靜點！」

看到卡蒂亞難掩動搖的樣子，丈夫萊爾趕緊上前安撫。

房間裡霎時一片騷動。或許是因為聽見吵鬧聲，露西歐菈這時難過呻吟並微微睜開眼皮。

「嗚……啊……朔……？」

「露！妳還好嗎？別勉強自己喔。」

她雖然臉上帶著難受的表情，不過看起來應該沒有生命危險的樣子。

我立刻打算抱起她的身體，將她搬到床上。

「沒關……係。嘿咻……！」

然而露西歐菈似乎不想讓人操心，自己靠臂力爬上了在一旁的床鋪。

「大小姐！」

就在這時，烏魯絲娜小姐總算帶著急救箱回來了。

「露，妳記不記得發生了什麼事？」

聽到我如此嚴肅詢問，露西歐菈一臉緊張不安地環視房內說道：

「……已經、離開了嗎……？」

「離開……？誰離開？」

「露剛剛在房間……等大家回來。結果對方打開門進來……朝……朝著露攻擊過來……！」

「露，冷靜點。妳在講什麼？妳說開門進來，究竟是誰進來了？」

「白色的……女人……！在唱歌……奇妙的歌……」

露西歐菈說著，眼睛逐漸因恐懼而睜大。

「白色的女人……？」

在場的人們不禁轉頭互望，然而大家都想不出答案。

「妳在講誰……？」

「賽蓮。」

露西歐菈用沙啞而微弱的聲音如此說道。她確實是這麼說的。

「……她來了……賽蓮來了……要是百合羽沒來……露就……」

「妳說賽蓮？**又來了**？又是賽蓮！」

萊爾氣憤地大叫。不過，我也跟他是一樣的心情。

又是賽蓮。

「太不科學了……！」

萊爾講到最後的聲音越來越微弱。感覺就像對於根本不可能的事情卻無法一笑置之。

費多則是抬頭望著剛剛才關上的窗戶，語帶諷刺地說道：

「然後呢？據說哈維也有看到的那個賽蓮，就從那扇窗戶逃出去了是吧？」

我們只能默默不語地注視著窗外。

外面的天色已經被黑夜籠罩。

「嗚～……」

貝爾卡蹲下身子，拍打自己的大腿。

「正常來想……殺害哈維的跟襲擊露的，應該是同一個人物……對吧，老師？」

被她這麼詢問的費多只回了一句「誰曉得？」之後，突然看向我。就像是舞臺上的演員突然拉住觀眾席的人邀請上臺的感覺。

「小鬼，你怎麼想？瞧你的表情，應該有什麼想法吧？咦？咦？朔也，真的嗎？」

於是我決定確認一下從剛才就感到很在意的事情。

「百合羽。」

「是？」

「我再跟妳確認一次，妳是走到這房間的門前時，聽到裡面發出不尋常的聲響對吧？」

「對呀。」

「於是妳馬上開門進房了。沒錯嗎？」

就在我們如此對話的過程中，大家的視線都慢慢集中到百合羽身上。結果百合羽一臉不安地蹙眉搖頭。

「我就說是那樣了呀！你……你到底想說什麼呀，師父……剛才也是這樣，為什麼要對我講的話那樣子……我、我沒騙人……人家才沒有說謊！」

她說著，眼眶逐漸泛起淚光。

「不，謝謝妳。我只是想要確認一下而已，並不是因為懷疑妳才問這些問題。」

「真是的～！師父壞心眼！混帳東西！」

不要害人家誤會呀！——百合羽上下揮動著雙手表示抗議。

「可是……那為什麼？」

嗯，老實說，接下來的事情我很不願意做。

我深呼吸一口氣後，重新轉向露西歐菈。

「露，妳為什麼要說謊？」

「……咦？」

就在這瞬間，原本集中在百合羽身上的視線一口氣轉移到露西歐菈身上。

露西歐菈在床上坐起上半身，用困惑的表情看向我。

「說謊……？露沒有說什麼謊話……」

「妳剛說過，妳被突然闖進房間的賽蓮攻擊了。」

「露……露是說了。因為露是真的被攻擊結果從輪椅摔下來……拚命抵抗……」

「後來賽蓮就從那扇窗戶逃出去了？」

「Sì……」

「百合羽聽見當時房內一連串的聲響，就立刻開門進來。這時候賽蓮已經從窗戶逃出去，只剩下倒在地板上的露西歐菈。」

「不、不會錯。」

百合羽表情認真地點了好幾下頭。

「這樣有說什麼謊嗎……？」

「那麼妳當時為什麼會全身溼透？」

「那是因為賽蓮打開窗戶逃出去，結果外面的風雨吹進來……」

「所以就全身溼透了？可是那樣講很奇怪。假如把露和百合羽的證詞合起來看，從窗戶被打開到我把妳抱起來為止應該只有短短幾十秒，再多也是一分鐘左右而已。根據窗外吹進來的雨量，光是在這麼短的時間內就全身溼透，甚至連頭髮都在滴水，也太奇怪了。」

「啊……」

露西歐菈把毛巾抓到胸前緊抱，全身變得緊張僵硬。

「請等一下！這到底是什麼意思？為什麼現在大小姐要被盤問追究？這樣不是簡直就像出席審判了嗎！」

從剛才一直在觀望狀況的烏魯絲娜小姐，似乎已經忍無可忍而開口抗議。

「出席審判不就是普通的審判了？」百合羽如此小聲呢喃。

「朔也先生！你難不成想要說是大小姐……殺、殺了那個攝影家嗎！」

「什麼什麼？這孩子就是凶手？」

「閉嘴！」

卡蒂亞挑釁似的一句話讓烏魯絲娜小姐當場怒吼。我還是第一次聽到她發出這種聲音。

「請妳冷靜一點，我並沒有那麼說。只是，在這個狀況下為什麼有必要說謊？這才是重點。」

「因為這樣你就！」

大概是護主心切，烏魯絲娜小姐的口氣變得更加粗魯了。

「原來如此。的確，雖然地上的地毯也有被淋溼，但並沒有到溼透的程度。」

費多用前腳踩著窗戶邊的地毯，協助補強我的想法。

「我們出去外面尋找哈維先生的時候，露，妳究竟在哪裡做了什麼？」

「露……露是……」

似乎感到不安難耐的露西歐菈為了尋求幫助而飄移著視線。

「而且妳為什麼有必要撒謊說自己被賽蓮攻擊了？」

我講出口的同時不禁感到有點自我厭煩。這種追問方法真的很壞心眼。

為什麼有必要撒謊？那當然是因為她做的什麼事情不希望被別人知道。

「妳當時到什麼地方去做了什麼事，結果發生出乎預料的狀況而全身溼透又傷痕累累了。是不是這樣，露？」

露西歐菈閉嘴不答。

「原來如此……露回到房間後，為了掩飾自己全身溼透的原因，所以故意打開窗戶，讓雨水吹進來淋在自己身上。對吧？」

貝爾卡也嘗試靠自己動腦思考，推理真相。

「對，然後她大概認為只要說是被賽蓮攻擊，就能同時解釋自己受傷的理由了。」

然而在她打開窗戶做偽裝後，百合羽就緊接著進入房內，導致露西歐菈全身溼透的程度與時間長短之間出現了矛盾。

「可是可是！可是師父！」

到剛剛還很安靜的百合羽這時舉手發言。

「小露她沒辦法走路喔？在這種暴風雨中，她連屋外都出不去吧？就算要去哪裡做什麼……」

「沒錯！大小姐從小就雙腳不便，無法隨意活動！坐著輪椅是沒辦法到處移動的呀！」

烏魯絲娜小姐也藉這個機會大聲主張。

「妳在講的是美人魚綜合症（Sirenomelia）吧？我們已經聽說了。」

我稍微比了一下放在桌上的照片，如此點頭。也就是露西歐菈和埃利賽奧・德・西卡一起合照的那張舊照片。

「可是露，妳……**其實已經可以走路了對吧**？」

「咦！」

在場幾乎所有人都發出驚訝的聲音。當中尤其是烏魯絲娜小姐的反應特別大。

「大小姐……可以走路……？朔也先生，你在說什麼傻話…………你憑什麼根據這樣講！」

「剛才也說過，露為了做偽裝而打開了那扇窗戶。但如果要開窗，就必須從輪椅站起來才行。」

「咦？怎麼可能……只是開個窗戶而已，大小姐自己一個人也……」

「烏魯絲娜小姐，吃過飯後露有招待我們來到這個房間聊天。途中有來過這裡的妳應該也看過當時的狀況吧？」

「是的，是這樣沒錯……但又如何？」

「在那之後，請問妳有碰過這扇窗戶嗎？」

烏魯絲娜小姐也許沒料到會被我問這種事情，頓時眨眨眼睛。

「……請問你究竟在講什麼？我沒有碰過。這跟現在在講的事情有什麼關係？」

「窗戶的鎖是吧？」

費多說著，指向窗戶上的門鎖。

「對，就是鎖。我們被招待到房間來的時候，那扇窗原本沒有上鎖。」

露西歐菈當時說過因為不用擔心會有人從窗戶闖進來，所以平常都不會上鎖。

「不過直到剛剛為止，那扇窗其實一直是鎖著的。」

「……啊，是我！」

貝爾卡回想起這件事而發出聲音。

「是我上鎖的！」

「對，窗戶那時候被貝爾卡鎖上了。因此露在那之後若想打開窗戶，首先必須把鎖解開才行。可是那個門鎖的位置——」

不從輪椅站起來就碰不到。

「如果露其實能夠站起來走動，她的行動範圍就大幅增加了。她究竟靠那雙腳去做了什麼事——」

我現在必須先釐清這點。

「請等一下！假設大小姐可以站起來好了，但那又如何？即使無法走動，只要抓住什麼支撐物或許還是能夠短時間稍微站起身子不是嗎？要打開窗戶上的鎖也不是問題，就只是這種程度的事情呀……！」

烏魯絲娜小姐依然擋在我和露西歐菈之間，嘗試反駁。為了守護自己的主人。

「既然這樣。」

房內忽然響起這樣透徹的聲音。

是莉莉忒雅。

她左手拿著壞掉的相機，右手拿著自己的手機。

「請各位看看這東西如何呢？」

莉莉忒雅直到剛才都在現場所有人的意識之外，因為她有她必須做的事情。

「莉莉忒雅，該不會真的順利找到了？」

「是的，在這裡確認到了毫無疑問跟本次事件相關的東西。」

我從她手中接過手機，確認顯示在螢幕上的東西。看到那畫面，我忍不住揚起嘴角。

「原來如此。總是板著臉的懸疑推理之神，看來偶爾也會對人微笑啊。」

「請問那是什麼遜到不行的臺詞？」

「咦？不夠帥嗎……？不夠帥啊……」

明明是我私底下偷偷想好的決勝臺詞地說。

「咳，總之，謝謝妳，莉莉忒雅。」

「喂，快點說明給咱們聽啊。」

伊凡對於我和莉莉忒雅的這段對話不耐煩地如此打岔。

「你們到底確認到了什麼？」

「就是哈維先生在這座島上拍攝的照片。」

「哦哦！就是剛才從外面撿回來的那臺相機！」

萊爾彈了一下指頭。

相對地，露西歐菈則是看起來有點不安地凝視著莉莉忒雅手中的相機。

「那個相機……不是壞掉了……嗎？」

「是的，露西歐菈大人。相機確實是壞掉了，不管怎麼敲怎麼按都不吭不響。

然而在這張卡片中的紀錄還保存得很良好。」

莉莉忒雅亮出一張記錄檔案用的ＳＤ記憶卡。

「這相機不是底片式，而是數位式啊！」

萊爾當場理解。

「就在我們剛才討論的期間，莉莉忒雅幫忙把裡面的資料存到手機來了。」

「因為我想說或許有拍到什麼可以成為線索的東西。」

只要調閱記憶卡的資料，就能知道哈維究竟在這座島上去過什麼地方，拍了什麼東西，追溯他的足跡。

確認相機資料——雖然我沒有特地開口拜託，不過莉莉忒雅，我就知道妳肯定不需要我講就會盡速完成工作。

我抱著這樣感謝的心情偷偷對莉莉忒雅眨眼示意。而她雖然露出一臉「你在做什麼呀？」的表情，但還是姑且眨了兩下眼睛回應我。

「記憶卡中記錄了非常大量的照片。有島上或海上的風景，這座洋館，以及各種動植物。而我將其中認為比較重要的照片轉存到了手機。」

「廢話一堆，那到底拍到了什麼！」

伊凡表現出不耐煩的態度。

我把手機螢幕轉朝大家的方向。

「就是露的身影。」

映在畫面中的——是露西歐菈的背影，站在一塊不平坦的岩石區上。

「大……大小姐……？」

照片中的她脫掉了裙子，露出平常隱藏在裙子底下的雙腳。

她的腳——**並沒有呈現宛如人魚的形狀**。

跟桌上那張照片一點都不像。

兩條腿跟我們一樣左右分開，穩穩踏在地面上。

只不過那雙腳兩邊都不是真的腳。

「原來裝了義肢啊……！」

萊爾臉上帶著驚訝中夾雜悲傷的表情如此呢喃。

沒錯。是義肢。

我不清楚照片中露西歐菈用那雙腳站立的場所是什麼地方。

看起來好像是什麼洞窟裡面。光線從上方照入洞內，強調出她白皙的肌膚。

隔著岩石地的另一邊，是一片搖盪的水面。

「真是驚訝呢。妳都不曉得這件事？」

卡蒂亞毫不客氣地如此詢問烏魯絲娜小姐。

「我……我是……埃利賽奧大人去世之後，大約半年前才被僱用到這裡來的……我、我不知道……」

也許內心大受打擊的緣故，烏魯絲娜小姐咬起嘴脣。

面對露西歐菈這項被隱藏的事實，我委婉地對萊爾看了一眼。結果他注意到我的視線後，只用嘴型告訴我：「我們這些家族的人也都不知道。」

原來這個人就算不大聲講話也能表達意思啊。

話說回來，露西歐菈似乎基於某種理由隱瞞著這項祕密，但這次雖然說狀況特殊，卻透過這樣的形式被我們爆料出來。

如今我才不禁有種於心不忍的感覺。但也真的是太遲了。

或許因為看出了我內心這樣的猶豫，或者應該說懦弱，費多彷彿代為接手似地對露西歐菈詢問：

「小姑娘其實在很久之前已經動過手術，老早就跟美人魚綜合症（Sirenomelia）造成天生左右接合的雙腳道別了是嗎？」

露西歐菈看起來腦中湧現千思萬緒，感到非常猶豫。然而最終還是下定決心似地輕輕點頭，表情完全冷靜下來了。

「三年前……露接受了……腳的手術。」

她放棄繼續隱瞞，老實招供。

「祖父大人強烈要求……露非常害怕。可是祖父大人說，要考慮到將來的事情……所以露鼓起了勇氣。」

「美人魚綜合症（Sirenomelia）並不只是外觀上看起來雙腳黏在一起而已的疾病。我聽說那對內臟似乎也會造成影響。因此手術的成功案例不多，患者也很短命。」

「醫生一直跟露說……露什麼時候上天堂都不奇怪。」

所以埃利賽奧才會強烈勸說孫女動手術啊。希望孫女可以活下去。

「從妳現在這樣健康的樣子看起來，手術幸運成功了吧？」

「Sì。」

露西歐菈緩緩掀開毛毯下床，當著我們的眼前站起身子。明顯可以感受到烏魯絲娜小姐大為震驚。

「可是到最後，露的腳兩邊都不見了。只能放棄了。」

露西歐菈接著輕輕掀起自己的長裙。

「做為交換，露得到了新的腳。」

毫無疑問，從裙下露出的是左右兩條義肢。

右腳是從膝蓋以下銜接的膝下義肢，左腳則是大腿以下的膝上義肢。

由於她穿著一雙黑色的樂福鞋，所以只看腳尖不會知道那是義肢。然而從膝蓋到腳踝都是外露的義肢零件。

「祖父大人或許有預感，自己的性命已經時日無多。所以很擔心露一個人被留下來，希望露自己一個人也能走路……」

「以前僱用的幫傭當然應該知道妳動過手術的事情吧？」

「知道，貝特伍德小姐。在這個家服務了很久。不過她年紀也很大，就好像在等待祖父大人過世一樣，隨後也在遠方的老家……」

看來那個人也已經不在世上了。然後接在那個人之後來到這裡服務的，就是烏魯絲娜小姐吧。

「原來如此。就這樣變得沒有人知道關於大小姐那雙腳的事情了。可是妳對新來的幫傭也保密又是什麼理由？」

「對於烏魯絲娜，露很感謝。在露變得孤單一個人的時候，來到這裡陪伴露。明明幾乎沒有付多少薪水……卻願意住在這裡照顧露。」

「大小姐，沒錯……請問您為什麼不告訴我呢？我……！」

「因為……烏魯絲娜從剛認識的時候就一直跟露講呀！要露多多出去島的外面比較好，也去學校上學，多交些朋友比較好……」

「……我是說過……我是說過沒錯，但那是因為大小姐實在太依賴這座島，總是閉門不出……」

「要是妳知道露其實已經可以走路，一定會比現在講更多對不對！要露到外面的世界生活！不可以關在島上！」

「我是為了大小姐著想……」

「但露只要在這裡就好！在這裡才好！」

「大小姐……」

從前從前，孤島上的大小姐伴著人魚的腳出生了。

後來她捨棄了人魚的腳，獲得一雙能夠自由走動的人工腳。

然而對她來說，孤島外的世界既是稱羨的對象，卻同時也是恐怖的對象——

「露……好害怕自由。」

露西歐菈擠出聲音般如此說道。

她的手放開裙子，裙襬就好像人偶劇落幕般飄飄落下。

哪兒都能去的雙腳，對她來說反而成為了重擔，實在很諷刺。

「大家等等！」

就在現場變得一片寂靜的時候，萊爾彷彿一直在等待發言時機般舉起手。

「那孩子的狀況我理解了！我非常明白了！包括她說自己被賽蓮攻擊其實是騙人的事情。但是大家想想！最重要的問題還沒解決啊！就像聖誕節蛋糕上頭的聖誕老人糖偶一樣重要！總歸來說，到頭來殺掉了哈維的人就是露西歐菈——是這個意思嗎？」

對。關於這個問題我們還沒切入討論。

「假如是這樣，她身上那些傷也能推測是跟哈維衝突時造成的！」

「不對！那是一場意外……！」

露西歐菈這時表現出特別強烈的反應。

「意外？妳果然知道發生了什麼事情！」

「啊……」

在萊爾步步追問下，露西歐菈有如被人推倒似地跌坐回床上。

從她那樣的反應，我看出了一點端倪。

「……露，妳該不會是在包庇誰吧？」

「不、不知道！露什麼都不知道！」

她這反應代表了一切。

雖然心中帶有幾分猶豫，但我還是把照片顯示到手機畫面上，亮到露西歐菈眼前。

「那個包庇的對象……是不是就在這畫面中？」

霎時，露西歐菈瞪大了眼睛。

現在這張跟剛才是不同的照片。

不過很明顯是在同樣時間、同樣地點連續拍攝的照片之一。

照片中的露西歐菈走到岩岸的更深處，腳踝已經踏進黑漆漆的水中。雙手則是朝著水中溫柔伸出。

水面上拍到了一個巨大的東西。

又巨大——又綻放詭異光澤的——白色尾鰭。

「不行！」

就在這時，露西歐菈跳起來撲向我。

「露！」

她從我手中一把搶走手機後，朝房門奔去。雖然腳步有些不穩，但她確實用雙腳奔跑著。

大概是被她那樣的舉動嚇到，在場所有人的反應都慢了一拍。

「大、大小姐！」

當烏魯絲娜小姐如此叫喚時，露西歐菈早已奔出房間。

「我們追。是，老師！」

費多箇潔指示，貝爾卡也立刻回應。

「莉莉忒雅！」

「是。」

當然，我們也不落人後。

我們追在後面衝出房間，便看到露西歐菈在走廊前方。

「露西歐菈！妳想逃到哪裡去！」

我忍不住大聲叫喚。

「朔也大人，請問你那是什麼粗魯的呼喚方式？好恐怖。」

「咦？不、不行嗎？」

「不行，居然對惹人憐愛的露西歐菈大人叫得那麼粗魯，簡直像是壞人一樣。」

「壞人!?」

「請你說得有如電影臺詞般動人呀。就像莉莉忒雅那個時候。」

「別、別再提起**那個時候的事情**啦!我等一下跟露道歉就是了!」

我們追著露西歐菈,結果又回到了玄關大廳。但大門依然關著,代表她並沒有跑出去。

正當我這麼想的時候,大廳忽然響起「喀鏘!」的聲音。

是位於中央的電梯關上門的聲響。

「大小姐!」

遲來的烏魯絲娜小姐拍打著電梯門。

電梯似乎到地下去了。

「烏魯絲娜小姐,原來這房子有地下室嗎?」

「是的……只有地下一間房間。不過那裡只是普通的倉庫,頂多存放有乾貨跟老舊的農業機具而已……」

「……下去看看吧。」

我們等待電梯回來後,立刻坐了進去。

不過伊凡和卡蒂亞則表示他們要留在一樓。

「我們留在這裡等。沒有必要一大群人去追一個女孩子吧。」

卡蒂亞說得也有道理。雖然這樣講有點失禮，不過感覺隱約看到了她意外溫柔的一面。

然而相對於發言的內容，她的口氣倒是很隨便，聽起來也彷彿她對露西歐菈並不在乎的樣子。雖說是遠親，但好歹也是親戚地說。

電梯緩緩下樓，最後有點粗魯地停止。

地下室的空氣又冷又溼。燈光只有兩顆電燈泡，感覺很不可靠。

牆邊排列有木製的古老置物架。一如剛才烏魯絲娜小姐所言，上面擺放著保久食材與農業機具，另外還有已經淘汰不用的餐具、打掃工具以及油漆罐等各式各樣的東西。

「莉莉忒雅，小心蜘蛛網。」

「朔也大人，你頭上已經沾到一堆蜘蛛網了。」

在房間裡看不到露西歐菈的身影。

我進一步仔細尋找，結果在房間深處的巨大鍋爐後面發現一個古老的架子。擺在牆邊的那個置物架看起來有朝旁邊移動過的痕跡。

我試著伸手一推，發現那架子似乎有什麼機關，不需要花太多的力氣也能移動。

於是我把架子移開，探頭一看。

從架子後面出現了一道樓梯，通往地下更深處。

「居然會有這樣的東西……」

烏魯絲娜小姐搖搖頭。

「雖然不清楚用途……但或許是從前這裡還當成隔離設施的時代所建造的祕密階梯吧。」

費多一點也不猶豫地走下樓梯。我們也注意著腳下，跟在牠後面。

樓梯呈現螺旋狀，腳下的階梯莫名潮溼。

就這麼往下走了十公尺，不，應該有十五公尺。

眼前的空間總算變得開闊。

我們來到的地方，是地底的自然洞窟。

「這裡就是剛才照片中的場所！」

貝爾卡的聲音在洞窟中迴盪。

裸露的岩壁上裝有一盞一盞的煤油燈，微微照亮四周。

眼前是一片岩石區，深處則有大量積水。燈光照不到遠處，因此也難以估計洞窟的規模與深度。

「有路徑延伸到深處。去看看吧。」

到處有岩石露出水面，因此我們一塊接一塊地跳往深處。要是不小心滑倒，就只有落水的份了。

「嘿咻……烏魯絲娜小姐？請問妳怎麼啦？」

我回頭確認後方，發現我們一行人之中只有烏魯絲娜小姐留在岩石區。

「妳不過來嗎？」

「呃不，我……」

她一瞬間表現出極度猶豫的樣子後，自己主動把腳踏進了水中。

「烏魯絲娜小姐？」

「因為我穿的裙子沒辦法像各位那樣跳，所以直接涉水走過去就好。反正水也不太深的樣子。」

「那是沒關係啦。但妳不會冷嗎？」

「很冷，不過要是我滑倒只會給各位添麻煩……呀！」

話還沒說完，她就在水中滑跤了。

「真是抱歉……」

啊，她好沮喪。

看來她對於運動沒什麼自信。

烏魯絲娜小姐身上的衣服因為浸水而貼到身上，讓她驚人的身材曲線很明顯地浮現出來。

真是不知道視線該往哪裡擺啊。

不過多虧如此，讓我知道了一件事。

雖然還不清楚目的，但我們剛才出去外面尋找哈維的時候，露西歐菈肯定就是到這地方來。

而當時裝義肢的露西歐菈也跟現在的烏魯絲娜小姐一樣，是直接涉水行進而不是跳岩石。

「結果露也像這樣跌倒而全身弄溼，還受了傷啊。」

畢竟就算正常走路也會像現在的烏魯絲娜小姐一樣滑跤，裝義肢又在趕時間的露西歐菈想必更容易跌倒吧。

這下也能解釋她全身溼透的理由了。

「呃……你這樣一直看著我……那個……」

烏魯絲娜小姐忽然滿臉通紅。

糟糕！我顧著想事情就不小心盯著人家看了。

她緊接著似乎發現什麼事情而伸出舌頭。

「啊……這個，是海水呢。好鹹。」

「海水？原來如此，這地方跟外面的海是相通的。」

我忍不住叫出聲音，結果已經走到前頭的費多「看來是這樣。」地做出反應。

「這地方就像是只屬於大小姐的祕密花園是吧。還真是有氣氛。」

「朔也大人。」

莉莉忒雅伸手一指。

在前方——看見了露西歐菈的身影。

「露！」

雖然我如此呼喚，但她卻沒有回頭。腰部以下都浸在水中，朝著洞穴深處不知在拚命大叫什麼。

從我的位置看過去，景象的構圖剛好就跟哈維拍的照片一樣。

費多把頭高高抬起，獲得確信般說道：

「看來哈維就是從這裡拍到她的。」

「我不認為露會輕易把外人招待到這個祕密場所。想必是哈維在洋館內到處亂逛的時候偶然發現這個地方，自己進來的。」

「或者可能是他看見那孩子下樓到地下室，於是出自好奇心而偷偷尾隨吧。」

我們繼續接近，總算可以清楚聽出露西歐菈在大叫什麼了。

「……行！不行！快走！從這裡逃出去！快點！乖乖聽話呀！」

她用雙手拍打著水面，似乎想要趕走什麼。

對著什麼看不見身影的存在大聲要求。

就在這時，黑漆漆的海面冷不防地伴隨水花隆起。

轉眼間，**那個存在**從海面下露出臉來。

「拜託呀！古拉菲歐！」

從水底現身的，是一隻身體應該有露西歐菈十倍大的白色生物。

啾嗶嗶嗶——……

那生物認出眼前的露西歐菈後，發出尖銳而莫名感覺不太安定的——叫聲。

就是當我們發現哈維的遺體時聽見的那個歌聲。

第四章 這就是世界的規矩

〈露西歐菈的日記〉

我們的初次見面，就是在露發現了Acuario（水槽）的那一天。

雖說是Acuario，但並不是指這座寶瓶（Acuario）島，而是遺留在房子地底下的一塊天然洞窟。

那是腳的手術剛結束沒多久，十二歲夏季某一天黎明前的事情。

因為祖父大人交代露要練習走路，所以這天露也一大早起床，在房子裡到處走動，結果偶然發現了這個場所。

自從那天以後，露就把這地方叫做Acuario了。

這個圓頂狀的廣闊空間裡有一大塊海面，簡直就像專屬於露的水槽。

岩盤的一部分有小小的裂縫，清晨的陽光就從那縫隙照入洞窟中。

「好漂亮的地方！」

由於光靠醫院的復健還沒辦法讓露習慣走路，所以要走到水邊花了好一段時間。不過要是坐輪椅，根本沒辦法到這種地方來。

這裡究竟是什麼場所呢？

是祖父大人移居過來的更久之前，這裡還是醫院時留下的地方？

曾幾何時已經沒有人再記得的場所？

不，那種事情，對於當時的露根本不重要。

總之，露巴不得快點看看水中！

當時露的腦中只有這個念頭。

於是露在水邊坐下來，深呼吸好幾下，擠出渾身所有的勇氣。

畢竟對於出生以來從沒有游過泳的露來說，把臉浸到水中也是第一次的嘗試。

先講清楚，露才不是什麼膽小鬼。半夜要一個人去上廁所也沒有問題，也能一個人把花圃的蜜蜂趕走呢。

呃，露是在跟誰解釋呀？

總之，露嘗試把臉浸到了水中。

可是水面下一片漆黑，並沒有看到原本想像中那樣美妙的世界。

真可惜。但畢竟在這麼暗的地方，也是沒辦法的事情吧。

假如有更多陽光照進來，或許連海底的景象都能一覽無遺呢。

「啊！」

儘管如此，露依然不死心地繼續注視水中，便發現不時可以看到閃閃發亮的東西。

是魚群的鱗片在閃爍！

光是這樣，就讓露感覺好像眼前看到一片廣大的海底世界。

跟現在的露一樣。沒有腳的魚兒們靈活地擺動著尾鰭，在水中自由穿梭的世界。

「可以看到魚兒。這裡跟外面的大海是相通的！」

就在這個時候，露聽見了歌聲。

雖然微弱，但感覺緊緊揪住露的心，不過又有點混濁的歌聲。

露忍不住驚訝抬頭，環顧四周。

仔細想想，露從剛才到了這地方就一直著迷於眼前這片海中景象，這時才回想起自己還沒有好好觀察過周圍。

「是誰？」

露站起身子，凝視昏暗的空間。

結果——在岩石後面好像有什麼東西。

漂在水面上，有如畫作「奧菲莉婭」一般只有身體的一半浮出水面。

露提心吊膽地慢慢接近，發現那存在的身體巨大得像一座小山，然後——白得像夏天的雲朵。

「剛才是妳的聲音？」

雖然不曉得有沒有聽見露的聲音，不過**她**「啾」地發出虛弱的叫聲。

「啊！妳身上都是傷呀……！好過分！」

她真的渾身是傷，周圍的水也被流出的鮮血染成混濁的紅色。

還有一把折斷的魚叉依然插在她的側腹部。

是在哪裡被漁夫追捕了嗎？

還是跟其他生物打架？

究竟發生過什麼事情，露只能靠想像。但總之她看起來無法動彈的樣子。

「妳等等喔！」

露想想自己可以為她做些什麼，最後決定先爬樓梯回到房子內，偷偷溜進廚房。

從廚房拿出冷凍保存的小魚，用水桶裝著，搬到地下。

只是這樣來回一趟，露就變得全身是汗，也花了好多時間。

如果露可以走路走得更靈活就好了。

「來，吃吧。」

露輕輕把小魚放到她嘴前。

可是她卻始終不願吃。

是不是因為露在看她的關係呢？那種心情露非常可以理解。像露也是，只要被祖父大人盯著觀察用餐禮儀，就會忍不住停下叉子呀。

稍微想了一下後，露決定把拿來的魚連同水桶一起放到水面上，暫時離開這地方。反正水桶就漂浮在她嘴邊，而且地底湖不會起浪，應該不會被沖走才對。

那天吃早餐時，露一直感到坐立不安。

是不是會被祖父大人覺得奇怪？會不會被幫傭貝特伍德小姐罵？

祖父大人肯定不曉得地下有那個洞窟的事情。雖然也沒有什麼必須隱瞞的理由，但那時候的露滿腦子只覺得關於那孩子的事情要保密才行。

露希望把這件事當成只屬於露的祕密。

勉強把早餐塞進肚子，結束上午的教學後，露瞞著貝特伍德小姐又偷偷溜回地下。

緊張地探頭看向岩石後面。

接著，露的臉上忍不住浮現笑容。

啾嘩。

水桶被翻倒，裡頭的小魚全部不見了。

從那之後，拿食物去餵她就成為露每天祕密的例行公事。

貝特伍德小姐好像沒怎麼注意到食材存量減少的事情。她說過自己年紀大了，最近變得很健忘。或許就是因為這樣吧。

不過她依舊是個非常嚴格的人，露現在還是有點怕她。

言歸正傳，身體又大又白的那孩子遲遲不願對露卸下心防。

肯定是因為她來到這裡之前，在各種地方飽受人類追捕的緣故。

即便如此，隨著日子漸漸過去，我們兩人之間物理上的距離還是有逐漸靠近，而且她也一天比一天有精神。

到了第二十天，她已經恢復到能夠在地底湖緩慢游動的程度。

傷口也癒合了許多。

然而身體表面的傷痕一直沒有消失，從看起來很舊的傷痕到新留下的傷痕都是。

「露幫妳想好名字了。聽好囉？從今天起妳就叫古拉菲歐（傷）！」

到夏天結束的時候，古拉菲歐已經徹底變得有精神了。

露由於每天要念書、學鋼琴、練習走路再加上照顧庭院與頂樓的花，要做的事情很多，因此只能在特定一段時間去跟她見面。

儘管如此，有一天當露去看古拉菲歐的時候，她竟然把一半的身體都露出來躺到岩岸上迎接露。

更驚訝的是！她嘴上還叼著一塊美麗的珊瑚。

該不會是要送給露的禮物？

是想要謝謝露餵過她那麼多食物嗎？

「謝謝！」

雖然可能有點大膽，不過露當時實在忍不住撲上去抱住了古拉菲歐那張大臉。

從那之後，她一直都在Acuario。在露的身邊。

這就是露和第一個朋友——古拉菲歐的邂逅。

自從認識古拉菲歐之後，露就變得好希望自己可以行動得更快、更敏捷。

好希望能追逐島上的動物們又走又跑，有時候甚至高高跳起來。

如果可以，露也好想跟古拉菲歐一起在廣大的海中游動。

雖然這或許是很虛渺的夢想，不過為了實現願望，露必須比現在吃更多，更鍛鍊身體，變得更強壯才行。

□

「那是……虎鯨！是虎鯨呀！」

認出那影子的瞬間，貝爾卡大叫出來。

「好大隻。將近有十公尺啊。而且那全白的身體……是白化症個體。」

居然藏了如此稀奇的存在——費多如此表示。

全白的虎鯨。那想必就是剛才第二張照片中拍到那隻巨大生物的真面目。

「小露！很危險呀！我記得虎鯨是非常凶猛的生物……好像被稱作海中的不良少年之類的！」

百合羽擔心地這麼呼喚。如果是「海中的流氓」我還聽過，但「不良少年」這種講法我倒是第一次聽說。

不過——

「看起來應該不用擔心啦，百合羽。」

至少那隻虎鯨感覺沒有任何打算攻擊露西歐菈的跡象。

「古拉菲歐！不可以啦！」

不只如此，牠甚至看起來想要一直陪在明明希望把牠趕走的露西歐菈身邊。古拉菲歐——大概就是那隻虎鯨的名字吧。

「……莉莉忒雅，妳怎麼想？」

「露西歐菈大人與古拉菲歐，那兩位之間看起來非常心靈相通的樣子。」

「妳果然也這麼覺得啊。」

「哈維先生來到這座島的目的恐怕就是為了那隻虎鯨吧。畢竟那是在世界上很稀有的白化症個體，大小又如此驚人。」

「……要是拍下照片拿去賣，應該會非常值錢……之類的？」

「又或者可能是身為一名攝影家的純粹好奇心。不管怎麼說，死人都無法講話了。除了朔也大人以外。」

莉莉忒雅說得沒錯。

「古拉菲歐……這個傻瓜……」

到最後，露西歐菈似乎感到放棄地抱住古拉菲歐的身體，將臉頰貼上去。

「露……」

我代表現場的所有人，往露走過去。

「可以介紹妳的朋友給我認識嗎？」

聽到我如此搭話，露的肩膀微微顫抖了一下。

「妳該不會……就是想要包庇牠？」

露雖然不講話，但輕輕點頭。

「師父……也就是說殺掉哈維先生的……是那隻虎鯨……的意思嗎？可是，牠怎麼辦到的？」

百合羽這樣的疑問也很自然。

「哈維先生可是被掛在洋館的外牆上喔？難道說虎鯨是爬到小丘上面，把哈維先生掛到那麼高的地方嗎？」

「也許真的就是牠掛上去的。」

如此回答疑問的，是莉莉忒雅。

「咦？真的？用走的？」

「百合羽大人，虎鯨是不會走路的。我的意思並不是那樣。牠可能是把哈維先生的身體往上甩出去的。用牠那個大尾鰭。」

「……用尾鰭？咻地甩出去？虎鯨能夠辦到那麼厲害的事情？」

「可以的。我其實也只看過影片，不過據說野生的虎鯨能夠把體重將近三十公斤的海獅彈飛到十幾公尺遠。雖然目前並不清楚牠們那麼做的目的究竟是狩獵行為的一環，還是單純為了玩耍。」

「哇嚇～……要是被那麼大的力氣彈飛，肯定吃不消吧。」

「這是由於現在得知了整起事件有牽扯到虎鯨才能夠想出的推理，不過我認為這應該是讓哈維先生變成那種狀態的唯一方法。」

莉莉忒雅說著，用似乎帶著憐憫的眼神看向古拉菲歐，以及陪伴在牠身邊的露西歐菈。

在場所有人都陷入沉默，靜待露西歐菈說明。

也許是感受出這點，露西歐菈輕輕離開古拉菲歐，咬了一下嘴脣後，開口表示：

「……莉莉忒雅小姐說得沒錯。」

她的臉上帶著放棄掙扎的表情。應該是因為明白自己和古拉菲歐已經在真正的意義上被逼到了無法再退後的海岸邊吧。

「是古拉菲歐……把那位攝影師先生…………」

露西歐菈一時之間不敢再說下去，深深吐了一口氣後才開始說明起來：

「那時候，露知道了那位攝影師先生拍到露的義肢還有古拉菲歐的身影……當場拜託他把照片刪掉……可是他不願接受。他說自己一直到處尋找，這次總算才找到了。所以絕對不會刪掉。還很興奮地說，要拿給出名的雜誌刊登……」

「一直到處尋找？果然哈維先生從一開始就是追著古拉菲歐來到這座島的？」

「他說古拉菲歐是在世界各地海上襲擊船隻的白色惡魔。說這幾年都銷聲匿跡了，但他還是靠著零碎的情報總算找到這裡。」

聽到露這麼說，萊爾彈了一下手指。

「白色惡魔！這個稱呼我也聽過！原來如此，假如找出了傳說中的食人虎鯨的下落，哈維就能一口氣成為英雄了！那當然不管怎麼拜託都不會願意刪掉檔案啦！」

「所以你們為了照片的事情爭執到最後，演變成動手事件了？」

聽到我這麼詢問，露西歐菈伸手指向水底代替肯定。

「古拉菲歐看到露被推開，就突然從水底露出臉來。咬住攝影師先生的腳……從這裡把他……拖進了海中。」

牠是想要——救助露西歐菈嗎？

當時恐怕是發生在一瞬間的事情吧。哈維想必無從抵抗，而露西歐菈也沒有法子可以制止。

「古拉菲歐就這樣消失了蹤影。從水中。」

「那後來露……妳怎麼了？」

「攝影師先生**掉了東西**。掉在地上的照相機，露馬上撿起來跑到屋外。因為露想說古拉菲歐會不會是想要把攝影師先生趕出去，將他帶到了島外。畢竟這個地方從屋裡連接到外面的海……」

情。

「然後……妳看到了什麼？」

「看到了。古拉菲歐把攝影師先生的身體彈得好高好高。」

把人的身體像玩具一樣彈飛十幾公尺——陸地上不存在有生物能夠辦到這種事情。

「被彈飛的攝影師先生就這樣刺到房子的魚叉上……動也不動了。」

哈維先生以男性來說體格算是比較小，再加上被古拉菲歐咬住時失去了雙腳，體重應該變得相當輕。

雖然這樣形容感覺對死者不太禮貌，不過他當時肯定飛得相當高吧。

「見到那樣，露變得不知該如何是好……古拉菲歐竟然為了露殺害了人……這種事情……」

露西歐菈抱住自己小小的肩膀，身體不斷發抖。

「可是，露很快下定了決心。露必須保護古拉菲歐才行。古拉菲歐殺了人的事情也好，她在這地方的事情也好……都要保密。」

「於是妳在情急之中把照相機直接往海裡扔了？」

「Sì，費多先生說得沒錯。但是原來露的力氣不夠大，讓相機掉落到途中被岩石勾住了呀……真應該好好挑選丟棄的場所才對……」

想必由於一切發生得太突然，讓她在心理跟行動上都沒做好準備吧。

在那樣的狀況中，要一名十五歲的少女處理得完美無缺，那才真的叫強人所難。

「後來為了讓人以為攝影師先生逃出了這座島，露跑到碼頭把船放掉了。攝影師先生的行李也都丟在船上……然後因為下起雨來，露趕緊回到房子內，到攝影師先生的房間……留下紙條。」

她或許就是在這段過程中想到偽裝成哈維看見受人害怕的賽蓮，當作他突然離開這座島的理由吧。

「攝影師先生的身體……露本來想要事後偷偷藏起來……可是光靠露一個人沒辦法從那麼高的地方把他放下來。而且緊接著暴風雨就來了，一點辦法都沒有……對不……起。」

「原來全部都是妳偽裝出來的。在我們被帶到客房，然後在餐廳互相認識的那段期間——」

「因為午餐時間烏魯絲娜有事先告訴過露，所以露趕緊回來打理儀容，坐輪椅去跟大家見面了。露當時好緊張，想說自己在喘氣，會不會被人覺得奇怪。」

「原來如此。那時候露的臉那麼紅不是因為看到人多緊張，而是因為拚命到處行動過的緣故。」

「露好害怕。又害怕，又不安，心情好難受。但就算這樣……露還是想要保護朋友。」

保護自己第一個，也是唯一的朋友。

「大小姐……」

「對不起喔，烏魯絲娜。」

「請不要道歉！」

烏魯絲娜雖然從剛才就一直待在我們後面壓抑著情緒，不過聽見主人對她道歉就終於忍不住大叫出來。

「無論什麼時候，我永遠都站在大小姐這邊呀！」

「……Grazie（謝謝）。」

觀望那兩人的互動之後，萊爾彷彿在整理事件的經過般說道：

「呃，也就是說到頭來殺害哈維的根本不是房子裡的任何人，而是虎鯨做的事情。然後露西歐菈只是想要袒護自己的朋友——就是這樣吧！」

簡單歸納起來就是如此。

「這樣要算是什麼罪呢！我有點無法判斷啊！畢竟我對寶石之外的事情是一竅不通！」

「至少我並不打算對露的罪多說什麼。」

「那麼就是說……事件就此解決了……是嗎？是吧？」

百合羽如此詢問，並左右轉頭尋求其他人的同意。

「來吧，露。快點到岸上來。」

我小心不要刺激到古拉菲歐，緩緩靠近露西歐菈。

「妳一直浸在水中會冷吧。」

說著，我對她伸出手。

結果露西歐菈帶著欲哭無淚的笑臉回應：

「露的腳感受不到什麼冷熱。朔也知道吧？」

「我講的不只是身體啊。」

「……朔……」

短短一瞬間，露西歐菈露出快要哭出來的表情。但她立刻憋住，最後緊閉眼睛深深點一下頭，把手伸過來——

就在這時……

古拉菲歐突然像在警戒什麼似地扭動牠巨大的身軀，濺起水花。

「怎、怎麼了！」

我趕緊壓低身子，觀察狀況。

「老、老師！大家！下面！有東西從水底冒上來了！」

貝爾卡指著地底湖的中央如此大叫。

與此同時，難以區別究竟是耳鳴還是地面震動的聲響充滿整個洞窟。

一大片水面隆起。

某種黑漆漆的東西從水中隆隆冒出。

體積遠比古拉菲歐還要巨大。

那玩意以幾乎垂直的角度衝出水面，再緩緩倒下。

飛濺的大量海水把我們全身都弄溼了。

現身於水面的是個流線型的鋼鐵物體——

那是——巨大的潛水艇。

被那模樣嚇到的古拉菲歐有如替換位置般沉入海中深處消失了。

「這、這、這是什麼……東西呀！」

烏魯絲娜小姐發出顫抖的聲音，抬頭仰望那艘突然出現的潛水艇。

船體上方的圓形艙門緩緩打開。

從裡面現身的——不，不只是單純現身而已，是**豪華燦爛**地現身的是——

「貴安呀，朔也。」

夏露蒂娜・茵菲利塞斯。

另外有兩名女性伴隨在她左右，是以前我在緋紅劇院也看過的那兩位部下。

「因為你來得實在太慢了，所以人家乾脆主動來找你玩啦。」

「咦！那麼這女孩就是大富豪怪盜（Celebrity）嗎！老、老師！冷靜點，貝爾卡。對方可不是妳哭爹喊娘就會安慰妳的傢伙。」

「哎呦，夏露才想說那隻狗怎麼好眼熟，這不是費多嗎？原來你還活著。」

「倒是妳看起來一點都沒有成長啊。到處各個地方都是。」

「吵死了這個笨蛋。笨狗。」

我還想說夏露蒂娜會如何高雅地反擊費多，結果意外地只是單純辱罵而已。

「要是你再有失禮的發言，小心夏露把你沉到鈔票大海中喔。」

「你、你們剛才……說了大富豪怪盜（Celebrity）嗎！難道這位少女……就是新聞上報導的那個越獄犯！」

萊爾感到難以置信地揉著眼睛。

「夏露……妳是怎麼知道我們在這座島……」

疑問還沒講完，我就自己察覺了答案。

「原來如此……是**這個**啊。」

我從口袋中掏出來的，是夏露蒂娜給我的那支手機。

「嗯，就是那個。它會顯示出瑞吉蕾芙的位置對不對？那麼夏露能夠反過來掌握你的位置也是理所當然吧？」

「然後妳就專程在這種暴風雨中搭潛水艇（那個玩意）跑來接我了是嗎？」

「你不曉得嗎？海底才沒有什麼暴風雨喔。話說回來，朔也，難道你是因為這場暴風雨被關在孤島上了？直到暴風雨過去之前，誰都不出去？誰都無法出去？啊哈！」

夏露蒂娜對我們一個人一個人投以視線，彷彿在嘲弄、糟蹋這個場面、這個狀況般，**可愛地笑了起來**。

「那麼如你所見。孤島模式？那種東西，夏露只要呼吸一瞬間就能輕易突破了。」

就是這個。這種脫離常軌的感覺。越離常識的氛圍。

這就是最初的七人（Seven Old Men）。

能夠讓穩固建構且即將獲得解決的懸疑謎團輕易崩壞。

「朔也同學，她跟你究竟……是、是什麼關係？你們認識？」

「萊爾先生，很抱歉，要說明請等一下再說。這個事態發展對我來說也是有點、相當、非常出乎預料啊。」

老實說，我現在完全沒餘力做說明。

「朔也大人。」

「我知道。現在要是做錯選擇，狀況就會變得無比棘手。莉莉忒雅做好保護大家的準備。」

「明白了。」

決定出自己應該採取的行動，心裡做好覺悟後，腦袋也總算冷靜下來了。

「朔……」

「妳放心。」

我把露西歐菈從水中拉上岸，並挺身站到夏露蒂娜眼前。

「然後呢？妳現身是為了親自把我們帶去瑞吉蕾芙嗎？用那艘自家潛水艇？」

「本來……夏露是抱著那種打算沒錯啦。」

潛水艇與岩岸間架起一道橋之後，夏露蒂娜渡橋來到岸上。

「但夏露現在改變心意了。這裡是佇立者之館（Demonia Kavira）對不對？那個畫家埃利賽奧・德・西卡的祕密藏身處對吧？」

她露出一臉「這種程度的事情自己當然知道」的表情。

「那麼他本人呢？在**上面**嗎？夏露想跟他打聲招呼。」

「埃利賽奧大人……已經過世了。」

烏魯絲娜小姐對於夏露蒂娜的要求如此回應後，夏露蒂娜立刻「哎呦」一聲可愛地把手放到嘴前。

「原來他過世了？雖然是在『上面』沒錯，但原來是天堂嗎？那真可惜。不過，果然如此呀。畢竟這幾年業界中就流傳著他已經死亡的謠言，夏露也猜想到可能真的是那樣。但那也無所謂，反正夏露有興趣的是他的作品。」

她帶著那兩名危險的部下，來到我眼前。

「夏露有聽過傳聞喔。據說埃利賽奧遺留下來傳說中的處女作就在這裡。」

「處女作？」

不是遺作？

我稍微瞥眼看向露西歐菈，但她搖搖頭表示自己不知情。

「夏露本來就想說哪天有機會要來這裡**買下**那件作品，這次也是剛好。就趁這個機會讓夏露欣賞一下吧。」

「怎、怎麼可能有那種東西！」

萊爾這時大叫。

「要說到埃利賽奧的處女作，就是『女性與夜晚』！現在是由卡達的一名資產家所有啊！」

「那是表面上的說法吧？夏露講的是**真正的**處女作。」

「妳、妳意思是說還有沒有被發現的作品嗎？要、要是真的有那種東西，妳就要買下來？別開玩笑了！從藝術價值來想，那絕對不是用錢可以買的東西！回去！搭妳那艘引以為傲的潛水艇給我回去！一路好走！」

「這男人可真吵。什麼時候要怎麼離開這裡都是夏露自己決定。你知道嗎？這就是世界的規矩呀。明白？」

「那種亂七八糟的規矩不成立！」

面對提出這般誇張理論的夏露蒂娜，百合羽勇敢地開口駁斥。

夏露蒂娜看向這名突然挺身反駁自己的少女，霎時露出呆滯的表情。

不過——她很快又開心微笑，拍起手來。

「哎呦，哎呦哎呦！夏露還想說是誰呢，這不是**大名人**嗎！」

「妳知道百合羽？」

「那當然。夏露很喜歡那孩子的**演技**呀。她是個出名的女演員呢。」

「人家才不是什麼大名人！那種話，我要綁上蝴蝶結原封不動地奉還給妳！」

百合羽這反擊可真漂亮。確實，「最初的七人（Seven Old Men）」這個頭銜在全世界惡名昭彰啊。

「大小姐，那傢伙教人不爽。Kill（斃）掉嗎？Kill（斃）掉她嗎？」

「不～行。阿爾特拉，妳安靜點。噓～」

夏露蒂娜如此管教那位異常凶暴的部下後，輕輕舉起一隻手。

在那暗號下，原本停泊在湖中的潛水艇動了起來，開始沉入海底，轉眼間就消失了蹤影。

「……妳想做什麼？」

「夏露只是把已經不需要的玩具收起來而已。今晚夏露要住在這裡。」

住在這裡？

「也就是說夏露這個『罪犯』要留下來『住房』的意思啦。」

她到底在講什麼？

「接下來，讓夏露也加入你們的遊戲吧。」

「遊戲？妳在胡說八道什麼……」

就在這時，洞窟中忽然響起近乎尖叫的聲音：

「大、大事不好了！喂！」

回頭一看，是卡蒂亞急急忙忙地從階梯衝下來。

「怎麼啦！大事不好的是這邊啊！」

萊爾表現出不耐煩的態度。

「現在地球上有哪裡的狀況比這裡更糟啦……！」

卡蒂亞似乎沒有餘力察覺現場異樣的氣氛，臉色蒼白地大叫：

「德米特里他……德米特里他……！」

「德米特里怎麼樣了啦！」

「他被賽蓮殺掉了！」

這樣象徵性的一句話在周圍反覆迴盪。

到最後剩下的是教人難受又無從言喻的沉默。

被賽蓮殺掉了……？

事件應該已經解決了才對——

殺害哈維的是古拉菲歐，然後一切的偽裝工作都是露西歐菈做的——

可是現在竟然又出現受害者？

到底怎麼回事？

這座島到底是怎麼回事啊？

難道這個夜晚——

「哎呦，看來派對還沒結束的樣子呢。」

還要繼續嗎？

「那真是不錯。」

在眾人目瞪口呆之中，只有夏露蒂娜開心地笑了起來。對於她那樣放肆到極致的態度，貝爾卡忍不住譴責：

「哪裡不錯了！假如是真的，就代表島上已經有兩個人被殺了呀！」

「孤島上的殺人事件對吧？夏露真是挑了個最棒(marvelous)的時機來呢！」

「一點都不 marvelous！現在發生的可是殺人事件！管妳什麼傳說中的作品，

這下才沒有餘力去找那種玩意啦！」

「是這樣嗎？」

「沒錯！只要我這名偵探費多的助手還在……」

「那就必須請偵探先生快點解決事件囉？」

夏露蒂娜說著，對我使了個眼色。

「嗯～……可是夏露明天無論如何都必須到杜拜去呢。朔也，可以**盡速解決掉**嗎？」

「妳當偵探是什麼？可不是什麼外送披薩啊。」

「什麼嘛。你拿出幹勁來呀。」

怎麼會有人如此唯我獨尊。

正當我不禁傻眼的時候，夏露蒂娜彷彿想到什麼有趣的點子般敲了一下手心。

「對了！要不然就讓夏露幫你提起幹勁吧。」

「很抱歉，用錢可引誘不了我喔。不是我要自誇，但我完全沒有花錢的才能啊。」

「你講這種話都不會覺得悲哀嗎？但夏露不是那個意思。完全不是。」

「那妳到底是……」

夏露蒂娜對身旁的卡爾密娜竊聲說了些什麼。結果卡爾密娜拿出一臺小型的通訊裝置，送出某種訊號。

「喂，妳這傢伙做了什麼？聯絡對象是剛才那艘潛水艇嗎？」

「正確答案，費多。等一下給你骨頭吃喔。」

這位身穿大紅色禮服的怪盜徹頭徹尾地挑釁著我們。

她接著故意放低聲量，只讓我、莉莉忒雅以及費多和貝爾卡聽到：

「夏露對停在海上待命的潛水艇發出了指示：**明天早上六點，對這座島發射戰斧飛彈**。」

「妳說什麼！」

「先講清楚喔，一度下達的指示可不會輕易變更。除了夏露講的話以外，絕對無法改變。」

「夏露……！」

「夏露幫你們設定好時限（time limit）囉。好啦，這下是不是就有盡速解決事件的理由了？」

為了催促推理而發射飛彈——？

思考方式簡直是瘋了。

「而且這樣也為推理解謎添加了恰到好處的刺激感不是嗎？」

「妳剛才說過自己也要留在這裡過夜吧？妳這樣是讓自己跟部下也身陷危機啊。」

「沒錯。」

她一副理所當然地表示肯定。

「……而且在這座洋館中搞不好還有妳想要的那幅埃利賽奧的處女作不是嗎？要是讓飛彈一轟，那東西也會跟著完蛋啊。」

「所以說，朔也。」

我忍不住逼近質問夏露蒂娜，卻反被她揪住耳朵如此耳語。距離近得幾乎要咬到我的耳朵了。

「你會努力加油，在明天早上之前解決掉事件對不對？會解決謎團，收拾狀況，拯救大家對不對？嗯？」

這樣一來房子和作品都能平安無事囉——夏露蒂娜如此表示。

她是認真的。

她的聲音中沒有嚇唬或騙人的成分。

大富豪怪盜(Celebrity)彷彿把自己的性命都當成賭注，抱著遊戲心態對我提出了這場絕命對決。

現在時刻晚上八點。

距離時限(time limit)只剩十個小時了。

又發生了一樁殺人案。
難道事件還沒有結束嗎？
就在洋館中的人們飽受衝擊之時，
殺人行動又繼續發生——
看不見的怪物「賽蓮」的真面目是？
朔也真的能夠在夏露蒂娜設下的最終時限之前
解決事件嗎？

關鍵字，是席亞蕾庇。
以及不死。
KILLED AGAIN, MR. DETECTIVE
《你又被殺了呢，偵探大人》
3

後記

對您而言，懸疑小說是什麼呢？

為了哪一天被人問到這樣的問題，我想預先準備好一個巧妙回答，結果想出了「懸疑小說就像是只有自己一個人的遊樂園」這樣一句話。

重點是我明明沒有會被任何人詢問這種問題的預定。

還真是了不起的志氣是吧？

遊樂園是一種跟日常生活隔絕的場所。

如果在那樣的場所只有自己一個人，究竟會是怎麼樣的心情？

覺得「好愉快！」的同時，是不是會有一絲莫名寂寞、不安的感覺呢？

那樣興奮與孤獨絕妙融合的感覺，對我來說非常舒服。

暫時忘卻現實生活，能夠一個人埋頭解謎，氣氛滿點的玩耍空間。

「這就是對我來說的懸疑作品。」

如此表示的作者，為了執筆小說又再度消失在繁華的街中——

深夜時分，這樣的節目旁白在我腦海中播放。

真是有趣的感覺呢。

好啦，作品來到第二集了。

像這類的作品會不會成為系列連載，雖然有時候也決定於時機運氣的好壞，不過既然現在這樣出版了續集，我想應該多多少少表示第一集獲得好評，因此我老實說感到很開心。

至於獲得好評的理由當然不用說，要歸功於りいちゅ老師出色的插畫。

朔也那一張張討喜的表情。

莉莉忒雅的柔軟清廉。

全都是我的寶物。

真的非常感謝。

（對了對了，據說竟然連漫畫版都要開始連載了。請靜待後續消息吧。）

第二集的內容中，筆者同樣寫了自己喜歡的東西。

講白了，這就像是自己想讀的懸疑推理小說自己寫的感覺。

我想這次應該也為讀者們提供了一段舒暢的**謎悅**，不過也希望各位能夠享受到**舒服的孤獨**。

孤獨——在遊樂園的部分也提過呢。

畢竟現在是讓人想裝裝酷，沒事就講著孤獨孤獨的季節啊。是冬季啊。

啊，請等一下。別傻眼掉頭。

請不要放棄我。

稍微再陪我聊一下吧。

要說到為什麼孤獨，畢竟讀書本來就是一種孤獨的行為，是屬於個人的體驗——這麼說當然也沒錯。但更重要的是，懸疑推理比起其他類型的作品更加忌諱所謂劇透的行為。

換言之，就算讀完作品也很難跟別人分享心得。

因此讀者即便讀完作品回到自己的日常生活，也必須把真相留在自己心中，不能把作品中的詭計向別人透露、與別人分享，只能自己靜靜地一個人笑。

這樣的心境會伴隨某種焦急、刺麻與難耐，然而這種感覺其實也令人感到舒服。

這就是所謂舒服的孤獨了。

是不是明白了呢？

不好意思。這樣的思維或許有點變態吧。

諸如這類的劇透行為，長年來都是懸疑推理界的一大問題。然而僅限於本作，有一件事情是可以盡情據透的。

那就是『偵探會被殺掉』。

是不是很划算呢？

假如遇到朋友詢問這部作品寫的是什麼樣的故事，就請這樣給對方**劇透**一下吧。

Killed again, Mr. Detective.

你又被殺了呢，偵探大人

浮文字

你又被殺了呢，偵探大人2
（原名：また殺されてしまったのですね、探偵様2）

著　　者／てにをは　　繪　　者／りいちゅ　　譯　　者／陳梵帆
執 行 長／陳君平　　美術總監／沙雲佩　　國際版權／黃令歡、高子甯
榮譽發行人／黃鎮隆　　美術編輯／陳聖義　　企劃宣傳／陳品萱
協　　理／洪琇菁　　執行編輯／石書豪　　內文排版／謝青秀
總 編 輯／呂尚燁　　文字校對／施亞蒨

出　　版／城邦文化事業股份有限公司 尖端出版
台北市中山區民生東路二段一四一號十樓
電話：（〇二）二五〇〇—七六〇〇
傳真：（〇二）二五〇〇—二六八三
E-mail: 7novels@mail2.spp.com.tw

發　　行／英屬蓋曼群島商家庭傳媒股份有限公司城邦分公司　尖端出版
台北市中山區民生東路二段一四一號十樓
電話：（〇二）二五〇〇—七六〇〇（代表號）
傳真：（〇二）二五〇〇—一九七九

中彰投以北經銷／楨彥有限公司（含宜花東）
電話：（〇二）八九一九—三三六九
傳真：（〇二）八九一四—五五二四

雲嘉以南／智豐圖書有限公司
（嘉義公司）電話：（〇五）二三三—三八五二
傳真：（〇五）二三三—三八六三
（高雄公司）電話：（〇七）三七三—〇〇七九
傳真：（〇七）三七三—〇〇八七

香港經銷／一代匯集
香港九龍旺角塘尾道六十四號龍駒企業大廈十樓 B & D 室
電話：（八五二）二七八三—八一〇二
傳真：（八五二）二五八二—一五二九

新馬經銷／城邦（馬新）出版集團 Cite（M）Sdn. Bhd.
E-mail: cite@cite.com.my

法律顧問／王子文律師　元禾法律事務所
台北市羅斯福路三段三十七號十五樓

二〇二三年九月一版一刷

■中文版■

郵購注意事項：
1.填妥劃撥單資料：帳號：50003021戶名：英屬蓋曼群島商家庭傳媒(股)公司城邦分公司。2.通信欄內註明訂購書名與冊數。3.劃撥金額低於500元，請加附掛號郵資50元。如劃撥日起 10～14日，仍未收到書時，請洽劃撥組。劃撥專線TEL：(03)312-4212 ・ FAX：(03)322-4621。E-mail：marketing@spp.com.tw

國家圖書館出版品預行編目資料

你又被殺了呢，偵探大人 / てにをは作；陳梵帆譯. -- 1版. -- [臺北市]：城邦文化事業股份有限公司尖端出版：英屬蓋曼群島商家庭傳媒股份有限公司城邦分公司發行，2023.09-
冊；　公分
譯自：**また殺されてしまったのですね、探偵様**
ISBN 978-626-356-927-0（第2冊：平裝）

861.57　　　　112009999